극장판
귀멸의 칼날
무한열차편

노벨라이즈

고토게 코요하루 · 원작
마츠다 슈카 · 글
ufotable · 각본

학산문화사

하시비라 이노스케

아가츠마 젠이츠

귀살대 대원. 멧돼지 가죽을 뒤집어쓰고 다니고, 매우 호전적.

귀살대 대원. 평소엔 겁이 많지만 사실은…?

귀살대 '주'

하주
토키토 무이치로

음주
우즈이 텐겐

수주
토미오카 기유

사주
이구로 오바나이

연주
칸로지 미츠리

충주
코쵸우 시노부

귀살대 '당주'

우부야시키 카가야

암주
히메지마 교메이

풍주
시나즈가와 사네미

염주
렝고쿠 쿄쥬로

귀살대 '주'의 일원. '화염의 호흡'으로 혈귀를 섬멸한다.

등장인물 소개

카마도 네즈코

탄지로의 누이동생. 혈귀에게 공격당해 혈귀가 되지만 다른 혈귀들과 달리 인간인 탄지로를 보호하듯이 움직인다.

카마도 탄지로

누이동생을 구하고 가족의 복수를 목표로 삼은 마음씨 착한 소년. 혈귀나 상대방의 급소 등을 '냄새'로 알아낼 수 있다.

혈귀

혈귀의 시조
키부츠지 무잔

탄지로의 가족을 죽이고 네즈코를 혈귀로 바꿔 놓은 자. 부하 혈귀들을 거느린다.

십이귀월의 일원. 키부츠지에게 심취해 있고 새로운 힘을 손에 넣어 탄지로와 '주'들을 노린다.

지난줄거리

때는 다이쇼.

숯을 파는 소년 탄지로는 어느 날 가족을 잃고 누이동생 네즈코는 혈귀로 돌변한다. 누이동생을 인간으로 돌려놓고 가족을 죽인 혈귀를 처단하기 위해 탄지로는 '혈귀 사냥꾼'의 길을 걷기로 결심한다.

귀살대가 된 탄지로는 키부츠지 무잔과 적대하는 혈귀 타마요와 유시로로부터 네즈코를 인간으로 돌려놓을 단서를 손에 넣는다.

그 후, 탄지로는 젠이츠와 이노스케와 함께 임무차 향한 나타구모 산에서 그곳에 사는 거미 혈귀와 싸우고 부상을 입는다.

귀살대 '주'의 일원인 시노부의 저택에서 요양을 마친 탄지로 일행은 다음 임무인 '무한열차'에 올라타는데?!

광대한 묘지였다.

저 멀리서, 그리고 가까이에서 지저귀는 작은 새들의 노랫소리와 바람에 살랑거리는 나뭇잎 소리만이 들려왔다.

무수히 늘어선 묘비들은 새겨진 글자가 풍화되어 읽을 수 없는 것부터, 바로 최근에 세워졌을 새것까지 매우 다양했다.

한없이 이어지는 것처럼 보이는 그 묘지 한복판을 2개의 그림자가 서로에게 꼭 붙어서 걸어갔다.

아직 20살을 조금 넘긴 정도로 보이는 젊은 남녀였다.

"켄이치, 히데키, 미노루, 마사오, 스스무, 유타, 야이치….."

마치 기도하듯이 이름을 나열하는 남자의 발걸음에는 힘이 없었다. 병을 앓는지, 단정한 얼굴의 위쪽 절반은 짓무른 것처럼 보랏빛으로 변색된 상태였고, 눈동자 역시 희뿌옇게 탁해서 앞이 보이지 않는 듯했다.

"토시아키, 이사무, 료스케, 유키오, 타카히로….."

남자는 작은 신음과 함께 가슴을 꾹 누르며 멈춰 섰다.

"……."

아주 잠시 입가를 일그러트렸지만, 바로 호흡을 가다듬고는 다시금 걷기 시작했다.

옆에 붙어 있던 아름다운 아내가 걱정스러운 듯이 남자를 부축했다.

"큰 어르신, 그만하시죠…. 몸에 해롭습니다."

"내가 언제까지 이곳에 올 수 있을지…."

남자는 고개를 돌려서 묘지 전체를 둘러봤다.

아직 눈이 보이던 무렵의 경치가 지금도 뇌리에 또렷하게 남아 있었다.

"죽어 버린 이 아이들의 한은 내 세대에서 풀고 싶구나…."

끝도 없이 줄지어 선 묘비. 그것은 그의, 그리고 역대 '큰 어르신'의 아이들의 무덤.

"이번 달에만 벌써 혈귀에 의한 피해가 7건이나 보고되었다."

아내는 그의 얼굴을 지그시 바라봤다. 남자는 무겁게 말을 이었다.

"귀실대 아이들은 지금 이 시각에도 최전선에서 혈귀와 맞서고 있겠지…."

바람이 묘지를 스쳐 지나갔다.

"혈귀가 아무리 목숨을 빼앗으려고 해도 인간의 마음만은 그 누구도 꺾을 수 없다…. 아무리 꺾으려 기를 써도 인간은 다시 일어나 싸울 테니까."

짙은 초록의 내음 속에 등꽃 향기가 어렴풋하게 감돌고 있었다.

서장

벽돌로 지어진 기차역은 저녁 햇살을 받아 빨갛게 물들었다.

승강장에 '무한(無限)'이라는 명패가 걸린 증기 기관차가 굴뚝으로 가느다란 연기를 내뿜으며 정차 중이었다.

다이쇼 시대 초기. 철도 노선은 이미 전국으로 확장되어 있었디.

역에는 한눈에도 유복해 보이는 양장 차림의 일가족, 중절모를 쓴 신사, 멀리 떨어진 고향으로 돌아가는지 커다란 짐을 짊어진 젊은이의 모습이 여기저기 보였다.

그러나 그 안에 유달리 눈에 띄는, 이상한 거동의 삼인조가 있었다.

"뭐야, 저 생물은?!"

기관차를 올려다보며 그렇게 외친 건 윗옷을 입지 않고 헐벗은 수상한 남자였다. 심지어 멧돼지 머리 가죽을 뒤집어쓰고 있어서 얼굴이 보이지 않았다.

하지만 목소리나 체격을 보아서는 아직 소년이라고 해도 좋을 어린 나이리라.

"이놈은, 그래, 그거구나. 이 땅의 신령… 이 땅을 지배하는 자…."

멧돼지 남자는 기관차 뒤로 이어지는 목제 객차를 따라 승강장을 슬금슬금 이동하면서 말했다.

"이 길이, 위압감, 틀림없어…. 지금은 잠들어 있는 것 같은데, 방심하지 마!!"

"아니, 기차야. 너 이거 몰라?"

어이없다는 말투로 말한 사람은 그 옆에 서 있던 다른 소년이었다.

대충 아무렇게나 자른 머리카락은 서양인과도 같은 노란색이고, 검은색 깃닫이 양장 위로 황금색 두루마기를 걸쳤다. 왼쪽 허리춤에는 일본도를 차고 있었다.

"쉬잇!! 진정해!!"

멧돼지 남자는 자신의 양쪽 허리춤에 꽂은 2개의 기다란 봉으로 손을 가져갔다. 천으로 둘둘 감아 놨지만, 아마 그가 소지한 것도 칼인 듯하다.

"우선은 내가 먼저 쳐들어간다!"

바로 조금 전까지는 수많은 인파에 놀라서 입도 뻥긋 못 하던 주제에, 점점 기세가 돌아왔는지 당장에라도 기자를 향해 칼을 휘두르려고 자세를 취했다.

"기다려, 이노스케!! 젠이츠 말이 맞아. 일단 진정하자."

또 한 명의 소년이 말했다.

붉은 기가 약간 감도는 검은색 곱슬머리와 눈동자, 그리고 왼쪽 이마에 있는 불꽃 모양 흉터가 인상적이었다. 허리에는 앞선 두 사람과 마찬가지로 칼을 찼고, 등에는 커다란 나무 상자를 짊어지고 있었다.

제이츠라고 불린 노란 머리 소년이 안심한 기색으로 끄덕였다. 하지만 나무 상자 소년 탄지로는 진지한 얼굴로 멧돼지 남자 이노스케에게 말을 이었다.

"이 땅의 수호신일지도 모르잖아. 그리고 갑자기 공격하는 것도 좋지 않아."

"아니, 이건 기차라니까."

젠이츠가 너도 이러기냐는 표정으로 딴죽을 걸었다.

"열차 몰라? 교통수단. 사람을 운반하는. 이 촌놈 자식."

"열차?"

탄지로는 이제야 깨달았다는 듯이 눈을 깜빡였다. 고개를 갸웃거리자 귀에 단 화투 같은 귀고리가 흔들렸다.

"그럼, 까마귀가 말한 우리가 탈 '무한열차'라는 게 이건가?"

탄지로가 말하자, 느닷없이 이노스케가 열차로부터 거리를 벌렸다. 그러고는 우렁찬 외침과 함께 객차를 향해 박치기를 박아 넣었다.

"저돌맹진!!"

지금까지 일행이 나눈 대화를 전혀 듣지 않은 모양이었다.

"그만해. 창피하니까!!"

젠이츠가 다급히 그를 말리려 한 그때, 승강장 맞은편에서 날카로운 호루라기 소리가 들려왔다.

"너희, 뭐 하는 거야?!"

역무원 두 명이 이쪽을 향해 달려왔다.

"앗, 칼 들고 있다…!!"

"경찰! 경찰을 불러!!"

"위험해! 위험해, 위험해, 위험해! 도망쳐!!"

젠이츠는 양손으로 이노스케와 탄지로를 단단히 붙잡고 재빨리 도망쳤다.

간신히 역무원들을 따돌린 것은 좋았으나, 열차 승차 시간이 다가오고 있었다. 이미 승강상에는 사님보 일비 없었디.

"이노스케 너 때문에 험한 꼴을 당했어. 사과해!!"

젠이츠가 따지고 들자, 이노스케는 어깨를 위협적으로 치켜세웠다.

"뭐야아아?! 우리가 왜 도망쳐야 하는데?"

젠이츠는 한숨을 푹 쉬었다.

"정부 공인 조직이 아니잖아, 우리 귀살대는. 사실, 당당하게 칼을 들고 다닐 순 없어. 혈귀가 어쩌고저쩌고 해 봤자 좀처럼 믿어 주지도 않고 혼란스럽기만 하니까."

이들 세 사람은 식인 혈귀를 사냥하기 위한 조직 귀살대의 대원이다.

이 세상에 혈귀라 불리는 생물이 존재한다는 사실을 아는 자는 그리 많지 않다.

혈귀는 사람을 잡아먹는다.

나이를 먹지 않고 몇백 년이나 살아간다. 사람을 먹으면 먹을수록 강해진다.

혈귀는 거의 불사신이다. 아무리 큰 부상을 당해도 금세 재생된다.

혈귀를 죽이는 방법은 두 가지뿐.

하나는 태양빛을 쪼이게 하는 것.

그리고 다른 하나는 태양빛의 힘을 머금은 칼 일륜도로 목을 베는 것이다.

그들 귀살대는 그 일륜도를 항시 지니고 다니고, '전집중의 호흡'이라 불리는 특수한 호흡법을 터득함으로써 체력과 운동 능력을 폭발적으로 끌어올려서 목숨을 걸고 혈귀를 사냥했다.

그러나 사무라이의 시대가 막을 내린 지도 어언 50년 가까이 흘렀다. 메이지 초기에 선포된 폐도령 때문에 군인이나 경찰이 아닌 사람이 칼을 소지하고 다니는 것은 금지되었다.

"…일단 칼은 등 뒤에 숨기자."

젠이츠는 검은 깃달이 양장 귀살대의 대원복과 자신의 두루마기 사이로 칼을 밀어 넣었다. 탄지로도 그를 따라서 바둑판 무늬 두루마기로 칼을 숨겼다.

"으하하하하!"

이노스케도 허리에 두른 사슴 털 뒤쪽에 두 자루의 칼을 꽂고 의기양양하게 웃었지만, 상반신은 헐벗은 터라 조금도 가려지지 않았다.

"훤히 다 보이거든? 옷 좀 입어, 이 바보야."

그때, 기적 소리가 드높이 울려 퍼졌다.

하얀 증기가 승강장으로 뿜어져 나오고, 기관차의 동륜이 엄숙하게 움직이기 시작했다.

"어떡해, 벌써 출발한다! 경찰이 있을까?"

"있어도 가는 수밖에 없어."

초조해진 젠이츠와 뜻을 굳힌 탄지로의 옆에서 이노스케가 힘차게 뛰어나갔다.

"으하핫! 승부다, 땅의 신령!"

"앗, 바보야!"

"우리도 가자!"

탄지로도 달려 나갔다.

"어? 앗, 나만 두고 가지 마!"

젠이츠도 서둘러 그 뒤를 쫓았다.

순식간에 승강장을 빠져나가는 열차를 간신히 따라잡은 이노스케와 탄지로는 제일 끝에 위치한 전망차로 뛰어올랐다.

"기, 기다려~! 탄지로~! 이노스케~!"

출발이 한발 늦은 젠이츠가 선로로 뛰어내려서 필사적으로 달려왔다. 두 사람은 그의 팔을 붙잡아 끌어올렸다.

겨우겨우 올라탄 열차가 점점 가속하자, 기차역의 불빛은 눈 깜짝할 사이에 멀어져 갔다.

열차는 해도 저물면서 어둠이 드리워진 전원 지대를 곧장 내달렸다.

"…우와…"

객차의 문을 연 탄지로는 작게 탄성을 질렀다.

목제 차량에는 중앙 통로를 사이에 두고 2인용 좌석이 죽 늘어서 있었다.

"오, 오, 오! 꾸오옷~! 엄청 빨라~!"

이노스케가 마주 보는 좌석들 사이로 끼어들어서 창문에 바짝 달라붙었다. 젠이츠가 황급히 그를 떼어 낸 다음 앉아 있는 사람들에게 고개를 꾸벅꾸벅 숙이며 사과했다.

탄지로도 휘둥그레진 눈으로 통로를 걸어갔다. 선반에 짐을 올리려고 애쓰는 노부부를 발견한 그는 바로 그들에게 다가가 도움의 손길을 뻗었다.

"할머니, 여기에 두면 될까요?"

짐을 선반 위에 올려놓자 노파는 기뻐하며 미소 지었다.

"고맙구나."

"미안하구면."

"아뇨. 뭐 어려운 일도 아닌걸요."

노신사도 감사 인사를 건네자 탄지로는 싱긋 웃어 보였다.

여전히 흥분을 감추지 못하고 주변을 두리번두리번 둘러보고, 틈만 나면 창문이나 객석으로 돌진하려 드는 이노스케를 다시 질질 끌어내면서 젠이츠는 앞장서 걷는 탄지로에게 말을 걸었다.

"야, 탄지로. 렌고쿠라는 분을 만나는 거지? 이 열차를 탔대?"

"응, 듣기로는 그래."

"주라고 했던가? 그 렌고쿠 씨. 얼굴은 정확히 알고 있고?"

'주(柱)'란 귀살대 대원 중에서도 최강의 검객에게 주어지는 칭호다.

탄지로, 젠이츠, 이노스케는 아직 입대한 지 얼마 안 된 말단 대원이다.

이번 임무는 주인 렌고쿠 쿄쥬로를 보좌하라는 것이었다.

"응. 화려한 머리카락을 가진 사람이고, 냄새도 기억하고 있으니까 가까이 가면 알아볼 수 있을 거야."

탄지로는 딱 한 번 렌고쿠를 만난 적이 있다. 만났다기보다는 봤다고 표현하는 게 맞지만, 그 짧은 만남만으로도 잊을 수 없을 듯한 인상적인 사람이었다.

게다가 탄지로에게는 누구에게도 지지 않을 특기가 하나 있었다.

바로 굉장히 예민한 후각이었다. 한 번 만난 사람의 냄새는 잊지 않았고, 사람의 감정이나 혈귀가 있는 장소 등, 다양한 정보를 냄새로 구별할 줄 알았다.

탄지로가 다음 객차로 통하는 문에 손을 갖다 댄 순간이었다.

"맛있다!"

갑자기 쩌렁쩌렁한 목소리가 울려 퍼져서 탄지로 일행은 저도 모르게 멈춰 섰다.

문을 열자, 굉장히 좋은 냄새가 객실 전체에 가득했다.

"맛있다! 맛있다! 맛있어!"

앞쪽 좌석에서 누군가가 역에서 파는 도시락을 먹고 있었다.

"맛있다! 맛있다!"

한입 먹을 때마다 그렇게 외치고 있었다. 대체 얼마나 맛있기에?

다른 승객들의 시선이 집중된 쪽으로 탄지로 일행도 조심조심 걸음을 내디뎠다.

좌석의 등받이 위쪽으로 체격이 큰 남자의 머리통이 보였다.

활활 타오르는 화염처럼 빨강과 노랑이 섞인 머리카락. 귀살대 대원복을 입은 20살 정도의 남자였다.

'…역시.'

목소리의 주인은 탄지로 일행이 찾고 있는 렌고쿠 쿄쥬로가 틀림없었다.

"맛있다! 맛있다! 맛있다!"

렌고쿠의 발치에는 텅 빈 도시락 상자들이 산처럼 층층이 쌓여 있었다. 도대체 몇 개나 먹은 걸까. 그리고 여전히 먹는

중이었다. 맛있다, 맛있다고 외치면서.

"…저 사람이 염주(炎柱)?"

젠이츠가 의심에 찬 눈빛으로 탄지로에게 물었다.

"응."

"그냥 식충이가 아니라?"

"…으응."

탄지로 일행이 소곤소곤 말을 주고받는 동안에도 렌고쿠는 여전히 도시락을 먹으면서 맛있다고 연호 중이었다. 도통 식사를 끝낼 기미가 보이지 않았다.

"저어… 실례합니다."

탄지로는 기다리다 지쳐서 렌고쿠에게 말을 걸었다.

"맛있다!"

"레, 렌고쿠 씨."

"맛있어!"

"아… 그건 이미 너무나 잘 알겠구요."

드디어 렌고쿠가 식사를 마치자, 발치에 쌓인 대량의 도시락 상자들을 판매원들이 수거해 갔다.

렌고쿠는 커다란 눈을 탄지로에게로 빙그르 돌렸다.

"넌 큰 어르신 앞에 끌려왔던!"

처음 만난 날을 기억하는 듯했다. 조금 안심한 탄지로가 고개를 끄덕였다.

"네, 카마도 탄지로예요. 이쪽은 같은 귀살대인 아가츠마 젠이츠와 하시비라 이노스케입니다."

뒤쪽에 서 있는 두 명의 동기들을 소개했다.

"그렇군. 그리고 그 상자에 들어 있는 세……."

렌고쿠는 탄지로가 짊어진 나무 상자 쪽으로 시선을 옮겼다.

"네, 여동생 네즈코예요."

"음, 그때 본 혈귀로군!"

그렇다. 탄지로가 등에 진 상자 안에는 혈귀가 들어 있었다.

2년 전. 탄지로가 외출한 사이 혈귀가 집을 습격하면서 다른 가족은 모두 목숨을 잃었다. 그리고, 홀로 살아남은 한 살 아래 여동생 네즈코는 혈귀로 변모하고 말았다.

혈귀가 되면 보통은 인간 시절의 기억을 잃는다. 그래서 가족이든 친구든 닥치는 대로 공격하고 잡아먹는다.

그러나 네즈코는 그렇게 되지 않았다.

인간의 언어를 사용하지 않고 의식도 흐릿하지만, 인간을 잡아먹지는 않는다. 평소에는 혈귀의 능력으로 자그마한 어린

아이 모습이 되어서 이렇게 상자 속에 들어가 잠만 잔다.

탄지로는 네즈코를 인간으로 되돌릴 방법을 찾기 위해 귀살대에 들어왔다.

그러나 귀살대는 혈귀를 사냥하기 위한 조직이다. 그리고 대원들 대부분은 혈귀에게 강렬한 증오를 품고 있었다.

얼마 전에 탄지로가 네즈코를 데리고 다니는 사실이 주위에 알려지면서, 주들 앞으로 끌려가 한바탕 난리가 났었다. 하지만 귀살대의 당주인 '큰 어르신' 우부야시키 카가야의 중재 덕분에 간신히 용인을 받을 수 있었다.

"큰 어르신이 인정하신 일이야! 더는 아무 말 않겠다!"

렌고쿠는 시원시원한 말투로 그렇게 말했다. 탄지로의 표정이 밝아졌다. 렌고쿠도 처음에는 네즈코를 인정하지 않는다고 주장한 사람들 중 하나였기 때문이다.

"여기 앉거라."

렌고쿠는 자신의 왼쪽 옆자리를 가볍게 두드렸다. 탄지로는 고개를 숙인 다음, 네즈코가 들어 있는 상자를 맞은편 좌석에 내려놓고 자신은 시키는 대로 렌고쿠의 옆에 앉았다.

이노스케는 여전히 통로 건너편 자리에서 창문을 탕탕 두드리며 난리를 피우고 있었다.

"굉장해! 신령의 배 속, 굉장해!!"

"그러다 창문 깨지겠다! 진정 좀 해!"

티격태격하는 이노스케와 젠이츠는 안중에도 두지 않은 채, 렌고쿠는 탄지로에게 물었다.

"너희는 어째서 여기에 있지? 임무인가?"

"네. 꺾쇠 까마귀로부터 무한열차의 피해가 확대되었으니 현지에 있는 렌고쿠 씨와 합류하라는 지령을 받았어요."

꺾쇠 까마귀란 사람 말을 할 줄 아는 귀살대의 연락 담당 까마귀이다.

렌고쿠는 고개를 연신 끄덕였다.

"음. 그런 연유로군! 잘 알았다!"

내내 정면을 바라보면서 말하는 렌고쿠를 따라서 탄지로도 등을 꼿꼿이 펴고 앉았다.

"네. 그리고 또 하나, 렌고쿠 씨에게 여쭤보고 싶은 일이 있어서요."

"뭐지? 말해 봐라!"

"저희 아버지가요."

"너희 아버지가 어쩌셨는데?!"

"몸이 약하셨는데요."

"몸이 약하셨구나!!"

"그런데도 폐가 얼어붙을 것 같은 눈 속에서 카구라를 추실 수 있었거든요."

"그거 다행이다!!"

"……."

렌고쿠가 말끝마다 맞장구를 치는 통에 탄지로는 당황했다. 말을 잇기가 어려웠다. 같은 박자로 맞추면 수월하려나?

"저기요!"

"뭐냐!"

"히노카미 카구라 '원무'라고 아시나요?"

"몰라!"

"……?!"

허탕을 친 탄지로였지만, 하는 수 없이 사정을 처음부터 설명했다.

탄지로의 집은 대대로 숯구이 일을 해 왔다는 것.

집안에는 매년 설마다 불의 신에게 바치기 위한 카구라가 전해져 내려왔다는 것.

그 카구라는 추운 겨울밤을 꼬박 새워서 춰야 하는 가혹한 춤이었지만, 병약했던 아버지가 '특별한 호흡'을 사용함으로

써 거뜬히 치러 왔다는 것.

"지난번 임무 중에 엄청난 궁지에 몰렸는데… 그때 순간적으로 떠오른 것이 어릴 적에 봤던 아버지의 카구라와 그 호흡이었어요."

그 '호흡법'은 아마도 귀살대의 검객들이 사용하는 '전집중의 호흡' 중 하나일 것이다.

그걸 주의 인인인 고효♀ 시노부에게 성답하게, '피접의 호흡'의 사용자인 렌고쿠에게 물으면 뭔가 알지도 모른다는 대답이 돌아왔다.

"혹시 렌고쿠 씨가 뭔가 아시는 게 있다면 알려 주셨으면 해서…."

"응! 그런 거구나!"

렌고쿠는 팔짱을 낀 채로 또다시 단호하게 말했다.

"근데 몰라!"

"네?!"

"'히노카미 카구라'라는 말도 처음 들어 보고! 네 아버지가 했던 카구라를 싸움에 응용할 수 있었던 건 실로 경사로운 일이지만, 이 이야긴 이걸로 끝이다!"

"저어, 조금만 더 생각을…."

끈질기게 물고 늘어지는 탄지로에게 렌고쿠는 열차의 진행 방향을 똑바로 응시하면서 가슴을 쭉 펴고 말했다.

"그냥 내 츠구코가 되려무나! 잘 보살펴 줄 테니!"

"잠깐만요! 그리고 어딜 보고 계신 거예요?!"

젠이츠도 살짝 어처구니없다는 표정으로 이쪽을 쳐다봤다. 이노스케는 여태 흥분한 기색으로 창문에 착 붙어 있었다.

"화염의 호흡은 유구한 역사를 가졌어!"

렌고쿠는 뜬금없이 말하기 시작했다.

"화염과 물의 검객은 어느 시대에나 반드시 주에 들어갔다. 화염, 물, 바람, 바위, 번개가 기본적인 호흡이지."

탄지로를 검객으로 길러 준 스승인 우로코다키 사콘지는 '물의 호흡'의 사용자였다. 그 또한 과거에는 주였다고 한다. 물의 호흡은 초심자도 익히기 쉬워서 사용자가 매우 많다는 이야기를 탄지로도 들은 바 있었다.

"다른 호흡들은 갈라져 나와 생긴 거야. '안개'는 바람에서 파생된 거고."

당황스러워하면서도 이야기를 듣던 탄지로에게 렌고쿠는 또 밑도 끝도 없이 질문을 던졌다.

"미조구치 소년! 네 칼은 무슨 색이냐!"

"네?!"

뜬금없는 화제에 탄지로는 순간 말문이 막혔다. 게다가 미조구치는 대체 누구란 말인가.

"전 '카마도'인데요! 색은 검정이구요."

일륜도는 제일 처음 칼집에서 칼을 뽑은 검객의 자질에 맞춰서 색깔이 변한다.

"흑도(黑刀)라! 그럼 좀 힘들겠는데?"

와하하하! 하고 여전히 정면만 바라보면서 렌고쿠는 호쾌하게 웃었다.

"힘든가요?"

살짝 불쾌해진 탄지로가 물었다.

칼이 검은색으로 변했을 때, 스승인 우로코다키도 미묘한 반응을 보였던 것을 떠올렸다.

"흑도의 검객이 주가 된 건 본 적이 없거든! 더욱이 어떤 계통을 연구해야 되는지도 모른다고 들었어!"

우로코다키의 칼은 아름다운 푸른색이었다. 사형(師兄)이자 지금의 수주(水柱)인 토미오카 기유의 칼도 푸른빛을 띠었다. 그러나 탄지로의 칼은 검은색… 출세하지 못하는 검객의 색이라는 소리까지 들었다.

"내 밑에서 단련시켜 주마! 이젠 안심해!!"

"아뇨! 괜찮습니다!! 그리고 어딜 보고 계신 거예요?!"

자신만만하게, 가슴을 더욱 쭉 펴고 씩씩하게 말하는 렌고쿠에게 탄지로는 허둥대며 따져 물었다.

렌고쿠는 자기 할 말만 하고 만족했는지, 눈을 내리깔고 갑자기 조용해졌다.

탄지로는 그런 그의 옆모습을 찬찬히 바라봤나.

'…별나기는 하지만, 남을 잘 챙기는 사람이구나…. 냄새에서도 강한 정의감이 느껴져….'

한숨 돌리고 나니, 저도 모르게 얼굴에 미소가 번졌다.

야행 열차는 속도를 더해서 개간된 숲에 깔린 선로 위를 내닐렸다.

덜컹덜컹 하는 규칙적인 주행음이 울려 퍼지고, 때때로 기적이 멀리서 들려왔지만, 객차 안은 고요했다. 대부분의 승객이 이미 잠든 것 같았다. 시끄럽게 띠드는 사람은 이노스케뿐이었다.

"꾸오오오옷!! 대단하다, 대단해, 빨라아아아!!"

"위험해, 이 바보야…!"

급기야 차창을 열어서 바깥으로 상반신을 불쑥 내미는 이노스케를 젠이츠가 필사적으로 끌어당겼다.

"난 밖으로 나가서 뛰어야겠다!! 어느 쪽이 더 빠른지 경주해야겠어!!"

"이놈이, 멍청한 것도 유분수지!!"

"위험해! 언제 혈귀가 나타날지 모른다고!"

그렇게 말한 건 렌고쿠였다.

"네?!"

젠이츠는 창백해진 얼굴로 이노스케에게서 손을 뗀 뒤, 팅겨진 공처럼 빠르게 렌고쿠 옆으로 날아왔다.

"농담이죠? 혈귀가 나타나나요? 이 기차?"

"나타나!"

"나타난다고? 싫어어어어!!"

젠이츠는 상스러운 고음으로 부르짖으면서, 머리를 감싸 쥐고 몸부림쳤다.

"혈귀 있는 데로 이동하고 있는 게 아니라, 여기서 나타나는 거야?! 싫어!! 난 내릴래!!"

"단기간에 이 기차에서 40명 넘는 사람들이 행방불명되었다! 검객을 여러 명 파견했지만, 전원 소식이 끊겼고! 그래서 주인 내가 온 거야!"

"헐!! 그렇군요!! 저 내릴래요! 내릴래요!!"

목이 터져라 외치든 말든, 열차는 서지 않았다. 다음 정차역까지 타고 갈 수밖에 없는 것이다.

그때, 드르륵 소리와 함께 차량 뒤쪽의 문이 열렸다.

"표… 확인하겠습니다…."

차장이 천천히 들어왔다.

"뭐예요?"

"차장이 표를 확인하고 구멍을 내 주는 거야."

기차를 처음 타 보는 탄지로가 어리둥절해 있자, 렌고쿠가 품에서 표를 꺼내서 차장에게 건넸다.

차장이 손에 든 펜치 같은 도구 검표 가위 날 사이에 표를 넣고 꾹 누르자 짤칵 하고 끄트머리가 잘려 나갔다.

창밖으로 몸을 내밀고 있던 이노스케도, 울면서 웅크려 있던 젠이츠도 마지못해 검표를 받았다.

탄지로도 자리에서 일어나 표를 내밀었다.

짤칵 하는 검표 가위의 소리가 울려 퍼졌다.

그 순간.

치직… 깜빡깜빡….

객차의 전등이 일렁이면서 실내가 어두워졌다.

등불은 금방 원래대로 밝아졌지만, 그와 함께 기묘한 기척이 감돌았다.

'뭐지, 불쾌한 냄새가 나…!!'

"확인…했습니다.

차장이 말을 마치는 동시에 렌고쿠가 천천히 일어섰다.

"차장! 위험하니까 뒤로 물러서 있어! 화급한 일이니 칼을 소지한 일은 불문에 부쳐 주길 바라네!"

일륜도를 손에 들고 통로에 우뚝 버티고 선 그는 매서운 눈빛으로 차량의 앞쪽을 노려봤다.

또다시 전등이 깜빡이더니 **뚝** 하고 일제히 꺼졌다.

그때.

"크르르르르릉…."

통로 안쪽에 돌연히 거대한 그림자가 나타났다.

"히익!"

"꺄이아아아아와!"

차량 앞쪽에서 비명이 터져 나왔다.

일어선 것은 반라의 혈귀였다.

머리 하나에 얼굴 2개가 보기 흉하게 합쳐진 것처럼 달려 있었다. 머리에는 4개의 뿔. 어깨부터 시작해 두꺼운 팔에도 뿔 여러 개가 튀어나와 있었다.

"그 거구를! 숨기고 있던 건 혈귀술이냐?"

혈귀술이란 혈귀가 사용하는 요술 같은 능력이다.

렌고쿠가 일륜도 칼자루에 손을 샀나 냈나.

"낌새도 찾기 힘들더구나. 그러나! 죄 없는 이들에게 엄니를 드러내겠다면!"

칼날을 서서히 뽑아들자, 그의 주위로 열기가 소용돌이쳤다.

"이 렌고쿠의 붉은 염도(炎刀)가! 널 뼛속까지 태울 것이다!!"

추악한 혈귀가 크게 포효한 순간.

"화염의 호흡 제1형, 부지화(不知火)!!"

불꽃 문양이 들어간 렌고쿠의 망토가 나부끼고, 새빨간 도신이 번쩍였다.

곁에 서 있던 탄지로 일행마저 휘청거릴 만큼 강한 열풍이 일더니, 순식간에 혈귀의 목이 떨어져 나갔다.

"!! 괴, 굉장하다! 단칼에 혈귀의 목을!!"

눈을 한 번 깜빡이는 짧은 순간이었다. 탄지로도, 젠이츠와 이노스케도, 아직 한 발짝도 움직이지 않았다.

목이 떨어진 혈귀의 몸은 빠르게 재처럼 변해서 무너져 내렸다.

"한 놈 더 있군."

렌고쿠는 호흡 하나 흐트러지지 않은 채 앞을 바라봤다.

"따라와라!"

단호하게 외치고는 그쪽으로 달려 나갔다.

탄지로와 이노스케가 칼을 쥐고 그 뒤를 따랐다. 홀로 남겨질 판인 젠이츠도 울먹이면서 쫓아갔다.

다음 차량의 문을 열자마자 수많은 승객들이 앞다투어 뛰쳐나와 뒤쪽 차량으로 달아났다.

"!!"

차량 앞쪽에 혈귀가 있었다.

마치 게처럼 기다란 팔다리를 지닌 이형 혈귀였다.

천장을 향해 높이 들린 몸통에는 4개의 눈이 박힌 머리가 달려 있었다.

혈귀가 긴 팔을 힘껏 내리쳤다. 그 공격을 피하려고 객석에

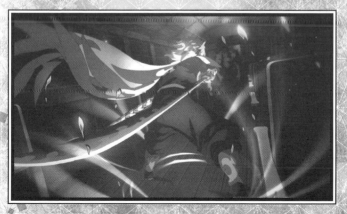

서 남자 승객 한 명이 몸을 굴러서 통로로 나왔다.

"그 사람에게 손을 대는 건 용서치 않겠다!"

렌고쿠가 외쳤다. 혈귀는 4개의 눈을 빙그르 돌려서 렌고쿠를 노려봤다.

"안 들리나? 네 상대는 이쪽이라는 소리다."

"저, 저건 뭐예요?! 팔이 엄청 긴데요~?!"

젠이츠는 비명을 질렀지만, 이노스케는 렌고쿠를 밀치면서 앞으로 나섰다.

"좋아, 선수필승!"

"기다려! 아직 못 피한 사람이 있다고!"

탄지로가 제지하는 것도 듣지 않은 채, 이노스케는 양손에 쥔 칼을 쳐들고 혈귀에게 돌진했다.

"쓰러트리면 문제없어!!"

객석 등받이를 발판 삼아 뛰어올라서 혈귀의 목을 노렸다.

혈귀는 팔다리를 넓게 벌려서 차량의 벽과 바닥을 딛고 있었기에, 머리는 무방비해 보였다.

그러나 다음 순간.

"어엉?!"

슈팟! 하고 혈귀의 몸통에서 날카로운 발톱 같은 또 하나의 다리 한 쌍이 튀어나왔다.

이노스케는 그 발톱을 칼로 간신히 튕겨 내고 몸을 비틀어서 피했다. 그러나 그 사이에 혈귀의 손이 위쪽에서 그를 움켜쥐려고 엄습해 왔다.

"!"

간발의 차로 뛰어든 사람은 렌고쿠였다. 이노스케를 붙잡아 차량 끝에 던져 놓은 그는 봄을 놀려 바닥을 박차더니, 이번에는 통로에 웅크려 있던 승객을 안아 들어서 돌아왔다.

"차량 안쪽은 안전해! 어서 가 보도록!"

승객을 다른 차량으로 대피시킨 렌고쿠는 다시 혈귀 쪽으로 돌아섰다.

"이제 문제없겠군! 신속하게 끝내자!"

탄지로 일행이 칼을 뽑을 새도 없었다. 렌고쿠 주위에 또다시 열기가 피어올랐다.

"화염의 호흡 제2형! 상승 염천!!"

회오리쳐 올라가는 화염의 소용돌이처럼 렌고쿠의 일륜도가 공중에서 춤을 추고, 혈귀의 목이 떨어졌다.

순식간에 무너져 내린 혈귀의 몸. 검은 먼지가 주변에 흩날렸다.

렌고쿠는 숨을 크게 내뱉은 다음, 칼을 천천히 허리에 찬 칼집에 넣었다.

"대, 대… 대단하십니다, 형님!! 훌륭한 검술이십니다요!!"

바둑판무늬 두루마기를 입은 소년이 그에게로 달려왔다.

붉은 기가 도는 머리카락과 일륜의 화투 같은 귀고리. 이 소년의 이름은 뭐였지?

미조구치, 아니, 맞아, 카마도 소년이다.

이렇게 생겼던가? 왠지 좀 다르다는 기분도 든다만.

"소인을 제자로 삼아 주십시오!"

"오냐! 훌륭한 검객으로 만들어 주마!"

"쉰네도!"

"나도!"

노란 두루마기를 입은 소년도, 멧돼지 머리 소년도 렌고쿠의 주위를 폴짝폴짝 뛰어다녔다.

"다들 한꺼번에 보살펴 주마!"

렌고쿠는 웃었다.

실로 유쾌했다.

"렌고쿠 형님~!"

세 사람은 공중에 떠올라 둥실둥실 떠다녔다.

회전하는 놀이기구처럼 렌고쿠 주변을 끊임없이 빙글빙글 돌았다.

즐겁다. 아주 잘됐군.

젊은 후배가 있다는 건 참 좋은 일이야.

"형님! 형님! 형님!"

하하하하하, 하하하하하하.

렌고쿠는 세 명의 소년들과 언제까지고, 언제까지고 웃고 또 웃었다….

숨소리가 울리고 있다.

자면서 규칙적으로 내뱉는 새근새근 소리가 객차 안을 가득 채웠다.

렌고쿠는 잠들어 있었다.

옆자리의 탄지로도 렌고쿠에게 기대서 눈을 감고 있었다.

통로를 사이에 둔 맞은편 좌석에서는 젠이츠와 이노스케도.

네 사람뿐만이 아니었다. 승객들은 모두 좌석 등받이에 기대서 깊은 잠에 빠져 있었다.

혈귀가 있었던 기척은 어디에도 없다. 전투의 흔적도 없다.
모든 것은 꿈.

어디부터가 꿈이었지?

짤칵짤칵 하고, 검표하는 차장의 가위 소리가 났다.

제 2 장 무한몽(無限夢) 열차

"시키신 대로 표를 끊어 잠재웠습니다!"

거친 숨을 내뱉으면서 넘어지듯이 차량에 들어온 차장은 차가운 통로 바닥에 두 손을 짚고 이마를 비벼 대면서 소리쳤다.

"제발… 제발 저도 빨리 잠재워 주십시오! 죽은 아내와 딸을 만나게 해 주세요!"

부탁드립니다, 부탁드립니다, 라고 울면서 호소하는 차장의 눈앞에 뭔가가 툭 떨어졌다.

"오냐."

인간의 손목이었다. 그것은 5개의 손가락을 다리처럼 사용해 일어섰다.

손등에 입이 있었다. 그 입의 옆쪽, 엄지와 검지 사이에는 큰직한 눈알이 하나, 손가락과 손등 이곳저곳에는 '夢'이라는 글자가 적혀 있었다.

"아주 잘 해 주었다."

손등에 달린 입이 씨익 웃었다.

"…편히 잠들어라."

입술이 천천히 움직이며 그렇게 말하자마자 차장은 그 자리에 풀썩 쓰러졌다.

깊은 잠에 빠진 듯했다.

"가족을 만나는 좋은 꿈을 꾸어라."

노래하듯이 말한 손목에게 이번에는 뒤쪽에서 누군가가 말을 걸었다.

"…저어."

손목은 서서히 돌아섰다.

네 명의 젊은 남녀가 통로 바닥에 앉아 있었다. 모두 창백하고 긴장이 역력한 얼굴이었다.

"저희는 어떻게 하면 될까요…?"

"이제 조금만 있으면 잠이 깊어질 테니… 그때까지 여기서

52

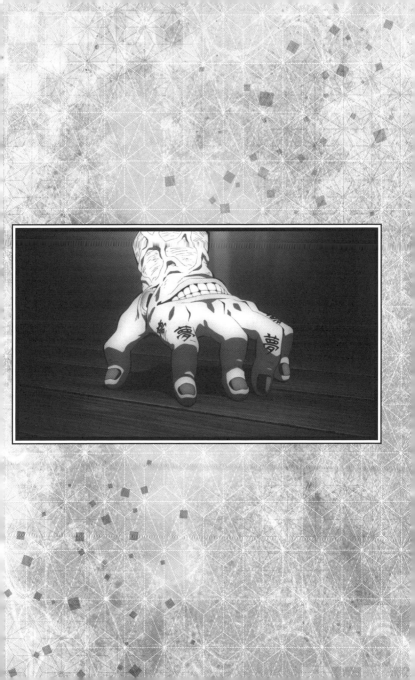

기다리고 있어라."

손목은 즐거운 듯이 말했다.

"촉이 좋은 혈귀 사냥꾼은 살기나 혈귀의 기운에 깨어날 때가 있거든. 가까이 가서 밧줄로 연결할 때도 몸에 닿지 않도록 조심해라. 난 당분간 선두 차량에서 움직일 수 없다. 준비가 다 될 때까지 애써 다오."

그렇게 말하고는 뒤쪽에 잠들어 있는 차장을 힐끔 바라봤다.

"…행복한 꿈을 꾸기 위해서."

차장은 웃고 있었다. 눈물을 흘리며 행복하다는 듯이.

그걸 보고 네 명의 남녀는 강한 의지가 깃든 눈으로 끄덕였다.

정신이 들고 보니 탄지로는 내리퍼붓는 눈 속을 걷고 있었다.

산속이었다. 끝없이 이어지는 잡목림과 깊이 쌓인 눈.

내뱉는 숨은 하얗고, 걸음을 내디딜 때마다 뽀드득뽀드득 소리가 났다.

'어떻게 된 거지?! 무슨 일이 일어난 거야?!'

허리춤의 칼에 손을 갖다 대고 주변을 둘러봤다.

여긴 어디인가. 나는 왜 이런 곳에 있지?

분명 조금 전까지 기차 안에 있었다…. 렌고쿠와 이노스케, 그리고 젠이츠와.

'침착해…. 침착해…. 침착하자….'

칼을 뽑아 주변의 기척을 살폈다.

그러자 그 순간, 뽀늑 하고 눈을 밟는 소리가 났다.

화들짝 놀라서 돌아섰다.

"!"

그곳에는 자그마한 아이 2명이 서 있었다.

남자아이와 여자아이. 서로 마주 보고 고구마가 담긴 바구니 하나를 함께 운반하고 있었다.

'……?!'

저것은, 저 두 사람은.

"앗."

"오빠다."

두 사람이 탄지로를 알아보고 고개를 들었다.

"형, 이서 외!"

빡빡머리 남자아이가 웃었다.

"숯은 잘 팔렸어?"

단발머리 여자아이가 기쁜 듯이 말했다.

"아, 아… 아."

탄지로의 손에서 칼이 떨어졌다. 그리고 눈을 헤치듯이 허겁지겁 달려갔다.

"으허어어엉!!"

틀림없었다. 2년 전, 혈귀에게 살해당한 하나코와 시게루. 탄지로의 동생들이었다.

두 사람 뒤로 아담한 집이 보였다. 탄지로의 집이었다. 그리운 고향 집.

"오빠?"

느닷없이 탄지로에게 안겨서 눈밭에 쓰러진 두 사람은 어리둥절한 표정을 지었다.

"미안해! 미안해!! 미안해!!"

탄지로는 목놓아 엉엉 울었다.

두 사람의 몸은 분명히 그곳에 존재했고, 껴안으니 따스했다. 살아 있다. 살아 숨 쉰다.

어느새 탄지로 자신도 그날의 옷차림으로 변해 있었다.

등에는 숯이 담긴 바구니를 짊어지고, 짚신을 신고 있었다.

대원복이 아닌, 오래 입어서 낡은 기모노. 아직 길었던 머리카락도 하나로 묶고 있었다.

그날, 마을로 내려갈 때의 차림새 그대로였다.

꿈이었구나. 그런가, 전부 꿈이었던 거야.

다행이다. 정말 다행이다.

탄지로는 두 사람을 꼭 껴안은 채 한동안 울고 있었다.

"꿈꾸면서 죽을 수 있다는 건 행복한 일이지."

밤의 어둠을 가르며 달려가는 기관차 위에 사람 그림자가 하나 서 있었다.

검은 머리카락을 어깨 길이로 자르고, 멋스러운 연미복을 입은 젊은 남자.

그러나 그의 새하얀 양쪽 볼에는 기묘한 사각형 문양이 눈물이 흐른 자국처럼 떠올라 있었다.

"제아무리 강한 혈귀 사냥꾼이라 해도 상관없어. 인간의 원동력은 마음, 정신이니까. 정신의 핵만 파괴하면 돼."

뒤쪽에서 뭔가 작은 물체가 기관차 지붕 위를 달려서 다가

왔다.

조금 전의 손목이었다. 손가락을 다리처럼 자유자재로 움직여서 달려오는 손목을 향해 남자가 왼팔을 내밀었다. 눈 깜짝할 사이에 손목은 원래 있어야 할 장소로 돌아갔다.

"죽이는 것도 간단하지. 인간의 마음 따윈 죄다 똑같이 유리 조각처럼 무르고 약해 빠졌거든."

남자는 양발을 넓게 벌리고 하늘을 올려다봤다.

황홀한 표정을 짓는 그의 왼쪽 눈동자에는 하1(下壹)이라는 글자가 새겨져 있었다.

그의 이름은 엔무.

혈귀의 시조인 키부츠지 무잔의 직속 부하, 십이귀월 중 하나다.

그에게는 보였다.

객차 안에서 여전히 깊은 잠에 빠져 있는 혈귀 사냥꾼들에게 그 네 명의 인간들이 접근하는 모습이.

네 사람의 손에는 밧줄이 쥐어져 있었다. 엔무가 만든 특별한 밧줄이었다.

"밧줄로 연결하는 건 팔인가요?"

"응. 주의하라고 하신 것, 잊지 말고."

자신의 팔과 혈귀 사냥꾼의 팔을 밧줄로 연결한 다음, 그들은 조심스럽게 상대 옆에 앉았다.

"천천히 크게 호흡한다. 숫자를 세면서."

그러면 잠에 빠져든다.

하나, 둘, 셋, 넷, 다섯….

그런 뒤에는 깊고 깊은 바닷속 같은 곳으로 잠수해 들어간다.

각자가 밧줄로 연결한 상대의, 깊고 깊은 마음속으로.

엔무의 웃음소리가 기관차가 내뿜는 연기와 함께 달을 덮어 가리듯이 멀리 퍼져 갔다.

"근데 갑자기 오빠가 엉엉 울기 시작해서 깜짝 놀랐지 뭐야."

하나코가 웃었다.

탄지로는 사랑해 마지않는 자신의 집에 있었다.

산속에 자리한 외딴집.

옆에는 숯을 굽는 가마가 있고, 초가지붕 위에는 눈이 쌓여 있었다.

"이상해, 아하하."

가족들이 있었다.

최근 들어 약간 건방져지기 시작한 차남 타케오. 셋째 시게루. 차녀 하나코. 그리고 막내 로쿠타.

"어머나… 많이 피곤했나 보구나."

걱정스러운 표정을 지은 어머니가 단지로를 향해 손을 뻗었다.

"열이 있는 거 아니니? 무리하지 말고 오늘은 푹 쉬렴."

따스한 어머니의 손. 반가운 목소리.

"난 괜찮아."

"정말?"

"앗. 거기 서!"

별안간 시게루가 빨래를 개던 하나코의 손에서 요를 빼앗아 탄지로를 폭 덮어 버렸다.

"에비!"

"어휴! 그만해, 빨래 가지고!"

하나코가 야단쳤지만, 시게루는 한껏 신이 나서 요로 뒤덮은 탄지로를 껴안았다. 막내 로쿠타도 그런 형들이 재미있어서 주변을 뛰어다녔다.

아하하하하, 하고 명랑한 웃음소리가 울려 퍼졌다. 어머니도 웃고 계신다.

탄지로도 웃었다.

'뭔가 나쁜 꿈이라도 꾼 것 같아.'

아하하하, 아하하하, 하는 웃음소리가 방 안을 가득 채워 갔다.

어딘가 멀리서 누군가가 자장가를 부른다.

기묘한 가락의 기묘한 노래.

자장자장 잘 자거라.

숨도 쉬지 말고 잘 자거라.

혈귀가 오더라도 잘 자거라.

배 속에서도 잘 자거라.

빠져든다.

빠져든다.

꿈속으로.

"깊은 잠이다…. 더 이상 깨어날 수 없을걸?"

젠이츠는 숲속을 달리는 중이었다.

한없이 펼쳐진 나무들에 큼직한 복숭아가 열려 있었다.

달콤한 향기가 그 일대에 가득했다.

"이쪽이야, 이쪽! 이쪽에 있는 복숭아가 맛있어!"

젠이츠는 뒤를 돌아봤다.

그와 손을 맞잡고 달리는 건 긴 머리카락의 아름다운 소녀.

연분홍색 마잎 무늬 기모노를 입은 이 아이는… 네즈코.

귀엽다, 귀여워.

"토끼풀도 잔뜩 피어 있고! 토끼풀로 화환 만들어 줄게! 나 진짜로 예쁘게 잘 만들어! 네즈코!"

"응, 많이 만들어 줘. 젠이츠 씨!"

네즈코가 웃는다.

귀엽다, 귀여워.

상상했던 대로 목소리도 귀엽네.

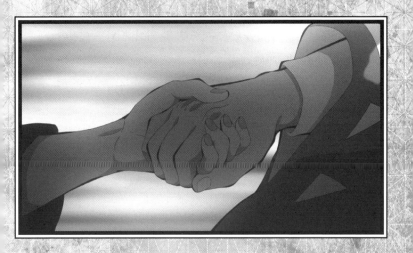

"야호~!"

젠이츠는 펄쩍 뛰어올랐다. 이제껏 몇 명이나 되는 여자애들에게 차였지만, 이제 그런 건 아무래도 상관없었다.

지금은 네즈코가 있다. 난 일편단심 네즈코니까.

그러고 보니 네즈코는 왜 지금까지 말을 하지 못했더라?

아~ 아무렴 어때. 지금 그런 건 조금도 중요하지 않아.

"중간에 강이 하나 있지만, 얕으니까 괜찮겠지?"

"강?"

네즈코는 갑자기 불안한 표정을 지으며 멈춰 섰다.

"젠이츠 씨, 어떡하지? 나 헤엄 못 쳐."

귀, 귀여워!! 난처한 얼굴도 너무 귀여워!!

"내, 내가 업어서 한달음에 건너뛰면 돼, 강 따윈! 네즈코의 발가락 끝도 젖게 놔두지 않아!"

젠이츠가 쪼그려 앉자, 네즈코는 쑥스러워하면서 그의 등에 매달렸다.

"나만 믿어!"

네즈코는 가볍구나! 깃털처럼 가벼워!

젠이츠는 네즈코를 업고 달렸다.

강도, 절벽도, 산도. 뭐든지 단번에 뛰어넘었다.

"영~차!"

네즈코가 웃었다. 젠이츠도 웃었다.

아핫, 아핫, 아하하하하하핫.

즐겁다, 즐거워.

이대로 쭉, 영원히 이렇게 지내고 싶어.

아하하하하하하….

"탐험대! 탐험대! 우리는 동굴 탐험대!"

이노스케는 거대한 동굴 내부를 걷고 있었다.

"탐험대! 탐험대! 우리는 동굴 탐험대!"

씩씩한 구령과 함께 오른쪽, 왼쪽, 오른쪽, 왼쪽, 규칙적으로 양팔과 양다리를 치켜들며 행진한다.

뒤쪽에는 머리에 토끼 귀가 돋아난 여자가 따라오고 있었다. 이 녀석은 내 부하 3. 이름은 뭐더라? 네즈… 네즈… 그래, 맞아. 네즈코. 아니, 깡총코?

"탐험대! 탐험대! 우리는 동굴 탐험대!"

"두목, 두목!!"

정찰을 나갔던 부하들이 돌아왔다.

"무슨 일이냐? 부하 1, 2!"

부하 1은 머리에 나뭇잎을 붙인 너구리 너굴지로. 동그란 귀에 화투 같은 귀고리가 달려 있어서, 움직일 때마다 살랑살랑 흔들린다.

"저기서 이 동굴의 신령 냄새가 납니다너굴!"

부하 1은 냄새를 무진장 잘 맡았다.

"숨소리도 들립니다요찍!"

부하 2는 노랑머리의 생쥐 찍이츠. 뻐드렁니가 번뜩였다. 이 녀석은 터무니없을 정도로 귀가 밝다.

"그러냐. 아주 잘했다, 부하들!"

이노스케는 부하들을 거느리고 동굴 안쪽으로 달려갔다.

"오오! 신령이 있잖아?!"

안쪽에서 똬리를 틀고 있는 것은 거대한 기차였다.

기관차의 굴뚝에는 콧물 방울이 대롱대롱, 객차 아래쪽에는 꿈틀거리는 지네 다리들이 달려 있었다.

이것 봐, 역시 이 녀석은 이 땅의 신령이었던 거야. 내 생각

이 맞았어.

"좋았어, 가자! 대결이다!"

"넵, 두목!"

부하 1과 부하 2가 폴짝폴짝 뛰어올랐다. 오오, 의욕이 충만하구면!

그런데 뭐 하는 거냐, 깡총코. 어딜 보고 있어?

"야, 인마! 따라와, 부하 3!"

진짜 안 되겠네, 이 녀석은. 늘 멍이나 때리고 말이야.

"이리 오라고, 얼른! 반질반질한 도토리 줄 테니까, 얼른!!"

"움!"

깡총코가 눈을 반짝반짝 빛내면서 도토리를 손에 꼭 쥐었다.

"가자!"

"옙!"

이노스케와 세 마리의 부하들은 일제히 지네 기차를 향해 달려들었다….

"으햐아아아!"

'⋯응? 내가 뭘 하러 온 거지?'

렌고쿠는 자신의 생가에 있었다.

정원을 향해 장지문이 활짝 열린 저택.

눈앞에 깔린 이부자리에는 한 남자가 누워 있었다. 이불은 발치에 아무렇게나 뭉쳐 있고, 베개도 제 위치를 벗어나 다다미 위에 나뒹굴었다.

'오, 그래. 아버지께 보고해야지. 주가 되었다고.'

자고 있는 건 아버지였다.

아니, 자는 건 아니고 이쪽을 향해 등을 돌린 채 책을 읽고 있었다.

렌고쿠는 아버지에게, 염주로서 인정받은 일을 알리러 온 것이었다.

그러나 아버지는 아들의 얼굴을 쳐다보려고 하지도 않았다.

"주가 되었으니 뭘 어쩌란 말이냐?"

책 읽기를 관두더니, 요에 얼굴을 푹 묻었다.

"시시해⋯ 아무래도 상관없어. 어차피 썩 대단한 존재는 될 수 없단다, 너나⋯ 나나."

될 대로 되라는 듯이 내뱉고는 그 말을 끝으로 입을 꾹 다물었다.

렌고쿠는 조용히 일어섰다.

여전히 등을 돌리고 있는 아버지에게 인사를 하고 방을 나섰다.

세월이 얼마나 흘렀을까. 아버지가 저렇게 무기력해진 이후로.

"혀… 형님."

툇마루를 걷고 있는데 왼쪽 장지문 틈으로 동생인 센쥬로가 얼굴을 내밀었다.

"아버지는 기뻐해 주시던가요?"

자그마한 기대로 흔들리는 눈으로 형을 올려다봤다.

"저도… 주가 되면 아버지께 인정받을 수 있을까요?"

렌고쿠는 눈웃음을 지으며 동생을 바라봤다.

고요한 슬픔이 렌고쿠의 가슴속에 샘솟았다.

'옛날부터 저러시진 않았다. 귀살대에서 주까지 되었던 아버지다.'

렌고쿠 가는 대대로 화염의 호흡을 전수해 온 검객 집안이었다.

'열정적인 사람이었는데 어느 날 갑자기 검객 일을 관두셨

다. 갑자기.'

아버지는 자신들 형제를 엄격하면서도 따스하게 지도해 줬다.

검술에 소질이 있다며 칭찬해 주던 때의 미소를 지금도 선명하게 떠올릴 수 있었다.

'그렇게 열심히 우릴 키워 줬던 양반이 왜…?'

렌고쿠는 심란함을 떨쳐내려는 듯 고개를 가볍게 가로저었다.

'고민해 봤자 소용없는 일에 힘쓰지 말자. 센쥬로는 훨씬 더 불쌍하잖아. 철이 들기도 전에 병사해 버린 어머니에 관한 기억은 거의 없고, 아버진 저런 상태시니….'

렌고쿠는 애써 미소를 지으면서 동생의 얼굴을 들여다봤다. 팔에 손을 갖다 대고, 쭈그려 앉아 시선을 맞춘 다음 차근차근 이야기했다.

"솔직하게 말할게. 아버진 기뻐해 주지 않으셨어! 아무래도 상관없다고 하시더라."

센쥬로의 얼굴이 순식간에 어두워졌다. 그러나 렌고쿠는 단호하게 말을 이었다.

"그래도! 그깟 일로 내 정열은 사라지지 않아. 마음속 불꽃이 사라질 일은 없어. 난 결단코 굴하지 않아!"

동생의 손을 꽉 쥐었다.

"그리고 센쥬로, 넌 나와는 달라! 네게는 형이 있잖니? 형은 동생을 믿고 있단다! 어떤 길을 걸어가도 넌 훌륭한 인간이 될 거야!"

센쥬로의 눈에서 눈물이 흘러넘쳤다. 렌고쿠는 힘없이 자신에게 기대는 동생을 꼭 끌어안았다.

"불타는 정열을 가슴에 품고, 힘내자! 힘내서 살아가자! 외로워도!"

덜컹덜컹, 덜컹덜컹 소리를 내며 기차는 달려간다.

"잘 되어 가는군…."

엔무는 객차의 기척을 살피면서 중얼거렸다.

"내가 만든 밧줄은 연결된 사람의 꿈속에 침입할 수 있는 특별한 주술이야. 나는 언제나 세심한 주의를 기울이며 싸우지."

황홀한 표정으로 하늘을 올려다본다.

"잠들어 버리면 주가 됐든 뭐가 됐든, 갓난아기나 마찬가지.

맛있는 음식은 혈귀 사냥꾼들을 해치운 다음에 천천히 즐기도록 하자….”

밤 기차의 기적이 짐승의 울음소리처럼 어둠 속에 퍼져 갔다.

제 3 장 눈떠

객차 내부에는 규칙적인 기차의 주행음과 잠든 사람들의 숨소리만이 메아리쳤다.

탄지로도, 이노스케도, 젠이츠도, 렌고쿠도 깊고 깊은 잠에 빠져 있었다.

그들은 제각각 팔에 밧줄이 묶인 상태였다.

그 밧줄의 반대편 끝은 엔무의 협력자인 네 명의 젊은이의 손목과 연결돼 있었다.

렌고쿠외 연결되어 있는 것은 머리를 땋아 내린 소녀였다. 렌고쿠의 맞은편 좌석에 앉아 눈을 감고 있었다.

그녀는 지금 렌고쿠의 꿈속에 침입해 있었다.

꿈속 넓은 저택 정원에서 렌고쿠가 동생의 검술 연습을 돕는 중이었다.

"그렇게 급히 내리칠 필요는 없어. 어깨의 힘을 빼."

"이렇게요?"

"그래."

땋은 머리 소녀는 벽 뒤에 숨어서 그쪽의 상황을 살폈다.

'위험해. 본체가 있다. 들키지 않게 조심해야 해.'

살그머니 그 자리를 떠나 저택의 문을 나섰다.

''꿈의 가장자리'까지… 빨리….'

엔무가 보여 주는 꿈은 무한대로 뻗어 있지는 않다.

꿈꾸는 사람, 여기서는 렌고쿠를 중심으로 원형을 이루고 있다.

꿈 바깥쪽에는 무의식의 영역이 있고, 그곳에 '정신의 핵'이 존재한다.

그것을 파괴하라고 엔무는 말했다.

'그러면 꿈의 주인은 폐인이 돼.'

골목을 종종걸음으로 걸어가던 소녀는 뭔가에 부딪쳐서 걸음을 멈췄다.

'차, 찾았다…. 풍경은 이어져 있지만, 이 이상은 나아갈 수 없지….'

마치 보이지 않는 벽 같은 것이 둘러쳐져 있었다.

이곳이 '꿈의 가장자리'.

이 너머는 무의식의 영역.

그녀는 소매에 끼워 있던 송곳을 끄집어냈다. 엔무가 건네준 그 송곳은 그의 뼈와 치아로 만들어졌다고 한다.

'빨리 이자의 핵을 파괴하고 나도 행복한 꿈을 꾸게 해 달라고 하자!'

소녀는 보이지 않는 벽에 송곳을 꽂아 넣었다.

송곳 끄트머리로 뭔가를 찢은 듯한 감촉이 느껴졌다. 손을 있는 힘껏 밑으로 끌어내리자 풍경이 좌악 소리를 내면서 찢어졌다.

"…뜨거워…."

열풍이 확 불어와서 소녀는 반사적으로 얼굴을 가렸다.

벽의 건너편은 끝없이 이어지는 돌바닥이었다.

하지만 그 돌바닥 여기저기에 불꽃이 솟구치고 있었다.

"불타고 있어…."

열기 때문에 주변이 일렁일렁 굴절된 것처럼 보였다.

"이상한… 무의식 영역…."

엔무의 명령을 받아서 몇 번이나 지금처럼 타인의 꿈속에 침입한 경험이 있는 소녀였지만, 이렇게 기묘한 풍경은 본 적이 없었다.

뜨거움과 불꽃 때문에 저절로 다리가 얼어붙었다.

"서둘러야 해."

마음을 다잡고 기모노 소매로 얼굴을 가리면서 소녀는 돌바닥 위를 달렸다.

옷자락에 불이 붙는 느낌에 초조해하면서도 달리고 또 달리자, 이윽고 몇 발짝 앞쪽에 새빨갛게 빛나는 것이 보였다.

"찾았다. 정신의 핵!"

사람의 머리통 정도 크기인 구체가 소녀의 가슴 높이에 붕 떠 있었다.

"빨간 건 처음 봐…."

마치 불꽃을 담아 가둔 유리구슬 같았다.

"이걸 깨트리면… 나도!"

소녀는 송곳을 머리 위로 치켜들었다가 힘차게 휘둘렀다.

끄트머리가 핵에 닿으려 한 바로 그 순간.

"으… 악…!"

눈에 보이지 않는 무언가가 소녀의 목을 붙잡았다.

"컥… 커헉…!"

목을 꽉 졸린 채로 공중에 쳐들렸다. 무슨 일이 일어난 것인지 알 수가 없었다.

'어, 어째서….'

소녀의 본체, 꿈 밖에 있는 육체가 공격을 받았다.

렌고쿠의 몸이 재빠르게 움직여서 맞은편 좌석에 앉아 있던 소녀의 목을 붙잡아 공중으로 들어 올린 것이다. 아직 잠들어 있는 상태임에도.

'주술에 빠져 있을 때, 인간은 몸을 움직일 수 없을 텐데…. 웬 생존 본능이 이렇게 강하지?!'

목이 졸려서 꿈속의 소녀는 몸부림을 쳤다.

그러나 렌고쿠 역시 이 이상 움직이는 건 불가능했다.

그는 본능적으로 감지했다. 상대는 혈귀가 아닌 인간이며, 이 이상 힘을 줬다간 죽는다는 것을.

소녀를 높이 들어 올린 채로 렌고쿠는 꼼짝도 하지 않았다.

소녀 역시 꿈과 현실의 틈새에서 그저 신음하는 수밖에 없었다.

"오늘은 탄지로가 좋아하는 전병을 구워 줄게."

어머니가 말했다.

"지금 오래 묵은 떡을 으깰 테니까."

"신난디, 고구디! 진빙이네!"

토방에서 막내와 놀아 주던 탄지로가 웃자, 타케오가 방 밖으로 얼굴을 내밀었다.

"치사해! 형만 전병을 좋아하는 게 아니라구!"

"나도 좋아해!"

"나도!"

하나코와 시게루도 몸을 쑥 내밀었다.

"그럼, 다 같이 먹자. 석쇠를 준비해 주겠니?"

"네~!"

어머니가 말하자, 동생들은 앞다퉈서 토방으로 뛰어들었다.

"내가 절구로 으깰게."

"그럼, 난 뒤집기 담당!"

"나도!"

"오빠는 먹기 담당이네!"

"치사해~!"

형제들의 웃음소리가 울려 퍼졌다.

쭉 이렇게 지내 왔다.

아버지를 여읜 슬픔도 가족이 하나로 뭉쳐서 극복했기에 다시 이렇게 웃을 수 있게 됐다.

소박한 생활. 수박한 행복.

하지만 그걸로 좋아. 그걸로 충분해.

탄지로는 나무를 베러 산에 들어갔다.

훨씬 어릴 때부터 매일 해 온 일과였다. 숯으로 만들기 위한 나무를 베어서 바구니에 담고, 집으로 운반한다.

갓 벤 나무로 꽉꽉 채운 바구니를 등에 지면서 어깨 너머로 속삭였다.

"네즈코, 가자."

말을 마치자마자 퍼뜩 놀랐다.

"내가 지금 무슨 소리를 하는 거지?"

고개를 갸웃거리면서 산을 내려왔다.

"나 왔어."

"어서 오렴, 탄지로."

어머니가 미소로 맞이해 주는 집 안에 들어가자, 동생들이 절구로 떡을 으깨고 있었다.

"형, 어서 와."

"응, 다녀왔어."

방 안을 둘러봤다.

"…어라? 네즈코는?"

"누나는 산나물 캐러 갔지."

"뭐? 대낮인데?!"

반사적으로 그렇게 말하자 타케오가 얼굴을 찌푸렸다. 옆에 있던 하나코도 갸웃거렸다.

"그럼 안 돼?"

"앗, 아니…. 어라?"

산나물 캐기를 대낮에 하는 건 지극히 당연한 일이지 않은가.

"탄지로, 목욕물 좀 준비해 줄래? 이쪽 일이 아직 더 걸릴 것 같아서."

토방 쪽에서 어머니가 말했다. 저녁 준비로 분주한 모양이었다.

탄지로는 양손에 물통을 들고 집을 나섰다. 조금 내려가면

나오는 시냇가까지 물을 길으러 가는 것이다.

'…자꾸 이상한 소리만 하네. …내가 피곤한가?'

그때, 갑자기 시야 가장자리로 사각형 물체가 보였다.

"!"

숲의 나무들 사이에 놓인, 나무로 만들어진 상자. 등에 질 수 있도록 어깨끈이 달려 있었다.

'…어라? 사라졌잖아…?'

멈춰 서서 돌아보자 이미 그것은 어디에도 없었다.

'뭐였지…? 순간적으로…. 도구함인가?'

하지만 어째서일까. 자신은 그것을 잘 아는 기분이 들었다.

'잘못 본 건가…?'

모르겠다. 떠오르지 않는다.

고개를 저으면서 탄지로는 시냇가에 다가갔다.

평소 물을 길을 때 사용하는, 나무로 만든 발판에 쭈그려 앉아서 물통을 내려놓았다.

수면에는 자신의 얼굴이 비치고 있었다.

그러나….

'얼레?'

분명히 자신인데, 어딘가 달랐다.

이마에 검붉은 불꽃 모양 흉터, 한 번도 입은 적 없는 검은색 양장.

"일어나!"

갑자기 수면의 자신이 소리쳤다.

"?!"

물 속에서 손이 뻗어나와 탄지로의 팔을 잡고 끌어당겼다.

"일어나! 공격당하고 있어!"

또 한 명의 자신이 어깨를 붙잡고는 세차게 흔들었다.

"꿈이야! 이건 꿈이라고! 눈 떠!!"

보글거리는 기포 소리. 호흡의 소리. 물의, 물의 호흡….

아아… 그래.

맞아, 나는.

떠올랐어.

'나는… 귀살대의 카마도 탄지로.'

여동생을, 네즈코를 인간으로 되돌리기 위해 혈귀와 싸우는 길을 택했다.

'나는… 지금… 기차 안에 있어!'

아주 잠시 몸 오른쪽으로 천의 감촉이 느껴졌다.

기차 좌석에 씌워진 벨벳이다. 자신은 지금 의자 위에 쓰러져 있는 것이다.

"일어나서 싸워! 싸워! 싸워어어어어어!!"

그래! 일어나야 해! 일어나야 해!!

탄지로는 몸부림쳤다.

여기서, 꿈속에서 나가야 해.

"……!!"

의식이 끊겼다.

헉 하고 고개를 들었다.

"형, 단무지 좀 줘."

타케오의 목소리가 들렸다.

주변을 둘러봤다.

집 안이다.

다다미 위에 밥상을 늘어놓고 동생들과 함께 밥을 먹고 있었다.

"안 된다니까, 그러지 마! 왜 그렇게 자꾸 오빠한테서 먹을 걸 뺏어가?"

하나코가 화를 냈다.

'틀렸어. 깨어나지 못했다…. 여전히 꿈속이야.'

쌀밥과 단무지와 소송채 된장국이 전부인 간소한 식사.

어머니는 아직 토방에서 뒷정리 중이었다.

말다툼을 벌이는 하나코와 타케오. 묵묵히 밥만 열심히 먹는 시게루와 로쿠타.

그날까지 매일같이 되풀이됐던, 탄지로의 일상.

'어떻게 해야 나갈 수 있지?! 겨우 꿈이라는 걸 깨달았는데.'

어떻게 해야 되지?

악몽이라고 생각한 그 싸움의 나날이 현실이고, 익숙한 이 일상 쪽이 꿈.

탄지로는 절망하면서 밥상을 뚫어져라 쳐다봤다.

렌고쿠는 땋은 머리 소녀의 목을 붙잡고 객차 통로에 우뚝 서 있었다.

높이 쳐올려진 소녀는 괴로운 듯이 얼굴을 찡그렸지만, 역시 눈을 질끈 감고 굳어 있는 채였다.

그 맞은편 좌석에는 젠이츠와 이노스케가 포개진 모양새로 잠들어 있었다.

탄지로는 좌석에 옆으로 누워서는 얼굴을 일그러트리고 있었다. 그의 입에서는 거친 숨결이 새어 나왔다.

이윽고 덜컹덜컹 소리를 내면서 맞은편 좌석에 올려 둔 나무 상자가 흔들렸다.

상자의 문이 끼익 열리고, 안에서 뭔가가 굴러 나왔다.

멀기시 밋히고 비디에 그메고 추리힌 그잇은 민 비디기릭을 지닌 어린 소녀였다. 마잎 무늬 기모노를 입었고, 대나무 통으로 만든 재갈을 물고 있었다.

그 소녀는 탄지로의 여동생 네즈코였다.

상자에서 나온 네즈코는 어리둥절해하면서 주변을 둘러봤다.

멀뚱히 서 있는 렌고쿠. 잠에 빠진 젠이츠와 이노스케. 그리고, 눈앞에 누워 있는 오빠.

네즈코로서는 무슨 일이 벌어지고 있는지 알 수 없었다.

오빠를 흔들어 깨웠다.

"으으… 일어나야 해…."

오빠의 입은 움직였지만 깨어날 기미는 보이지 않았다.

"움…."

평소 같으면 네즈코가 상자에서 나왔을 때 오빠는 반드시 미소로 맞아 준다.

잘 잤냐고 물으며 머리를 쓰다듬어 줬다.

네즈코는 탄지로의 왼손을 잡아 자신의 머리에 올렸다. 쓰다듬으라고 재촉했다.

하지만 아무런 반응도 없었다. 오빠의 손은 주르륵 떨어져 버렸다.

"우움!"

화가 난 네즈코는 오빠의 이마를 향해 있는 힘껏 박치기를 했다.

빠악!

굉장한 소리가 났다. 그러나 돌머리인 오빠는 깨어나지 않았다.

고개를 든 네즈코의 이마에서 후두둑 하고 피가 흘러내렸다.

"우움!"

아픔과 분한 마음에 눈물이 또록또록 흘러내렸다.

"움!"

네즈코가 다시 한번 오빠에게 매달렸다. 이마에서 흘러나온 피가 탄지로의 뺨과 두루마기에 닿자 불이 화르륵 타올랐다.

네즈코의 혈귀술 '폭혈(爆血)'이었다. 저도 모르게 혈귀의 힘을 사용하고 만 것이다.

하지만 그 힘은 꿈속에까지 도달했다.

밥상을 앞에 두고 정좌하고 있던 탄지로의 몸이 순식간에 타올랐다.

"오빠!!"

"어떡해, 불이!!"

하나코와 타케오의 비명.

'……?!'

탄지로는 눈을 부릅떴다. 불꽃에 휩싸여 있는데 뜨겁지 않았다. 뭐가 타고 있는 거지?

'네즈코의 냄새다. 네즈코의 피야!'

멀리서 네즈코의 목소리가 들렸다. 울고 있는 건가?

현실 세계에서 네즈코가 혈귀술을 쓰고 있다.

탄지로를 깨우려 하는 것이다.

환상의 불꽃이 마침내 꺼진 뒤에 탄지로는 자신의 모습을 살폈다.

귀살대 대원복을 입고 있었다. 허리에는 일륜도.

'각성하고 있다. 조금씩, 조금씩!'

현실에 가까워졌어!

"형…?"

동생들이 걱정스럽게 말을 걸었다.

"미안해…. 가 봐야 해."

탄지로는 입술을 꽉 깨물고 자리에서 일어섰다.

"형!"

"오빠!"

쫓아와서 매달리는 동생들을 뿌리치듯이 탄지로는 집에서 뛰쳐나왔다.

눈이 쌓인 숲속을 달렸다.

'내게 꿈을 보여 주고 있는 혈귀가 가까이 있는 거라면, 빨리 찾아내서 베어야 해…!'

어디지? 어디야?

매서운 눈으로 주변을 살폈다.

어디지, 빨리 찾아내야 하는데.

"오빠, 어디 가?"

등 뒤에서 목소리가 들렸다.

네즈코의 목소리.

탄지로는 그 자리에 우뚝 멈춰 섰다.

뒤돌아보지 않아도 알 수 있었다. 그곳에 네즈코가 서 있다.

그날의 모습 그대로인 네즈코. 인간이던 시절의 네즈코.

"오늘은 산나물 잔뜩 캤어!"

오랜만에 듣는 네즈코의 명랑한 목소리.

아아… 어째서.

"엄마. 이쪽이야, 이쪽!"

멀리서 시게루의 목소리가 들렸다. 여러 명의 발소리가 눈을 밟으며 다가왔다.

"오빠한테서 갑자기 불이 났어…!"

어머니와 시게루와 하나코와 타케오. 거기에 로쿠타도.

"탄지로! 괜찮아?"

걱정스러운 어머니의 목소리.

"탄지로, 무슨 일이니? 그리고 그 옷차림은….”

오빠, 형 하고 동생들이 탄지로를 부른다.

잿빛 하늘에서 눈이 내리기 시작했다.

탄지로는 부들거리는 주먹을 꽉 쥐었다.

"아아, 여기에 있고 싶다… 계속….."

쥐어짜내듯이 혼잣말을 했다.

'뒤돌아서 돌아가고 싶다….'

사실은 줄곧 이렇게 살 수 있었어야 되는데, 여기서.

사실은 다들 지금도 멀쩡하고.

네즈코도 햇빛 속에서… 푸른 하늘 아래서.

'사실은, 사실은 난 오늘도 여기서 숯을 구웠겠지…. 칼 따위 만질 일도 없었겠지….'

아아, 그렇다.

그날, 그런 일만 일어나지 않았다면.

머지않아 눈이 녹고 봄이 오면 다 같이 산에 들어가서 고사리나 뱀밥, 머윗대, 두릅을 따왔으리라.

함께 강에서 물을 길어 와 얼마 안 되는 쌀로 밥을 지어 나눠 먹고, 어머니와 네즈코는 하나코에게 옷 깁는 법을 가르치고, 가끔은 가족 모두 마을에 내려가서 장을 보기도 했을 것이다.

사실은, 사실은.

그런 일상이 언제까지고 계속됐을 터였다.

하지만….

탄지로는 모든 미련을 끊어 내려는 듯이 힘차게 걸음을 내디뎠다.

'하지만 난 이미 다 잃었다…. 돌아갈 순 없어!'

"형아! 두고 가지 마!"

자그마한 로쿠타가 자신을 쫓아오는 걸 알 수 있었다.

그렇지만, 멈춰 설 수 없다. 돌아볼 수 없다.

'미안. 미안하다, 로쿠타!'

눈 깜짝할 사이에 눈발이 거세지고, 급기야는 눈보라로 변했다.

로쿠타의 울음소리가 바람 저편으로 멀어져 갔다.

'더는 같이 있을 수 없어. 하지만.'

형은 언제나 널 그리워하고 있단다.

모두를 그리워하고 있단다.

흘러내리는 눈물을 닦아 내지도 않고 탄지로는 달리고 또 달렸다.

'많이 고마워. 많이 미안해.'

절대 잊을 리 없어.

그 어떤 순간에도 마음만은 곁에 있어.

'그러니까 부디 용서해 줘.'

　탄지로는 마음속으로 그렇게 외치면서 눈 덮인 숲속을 내달렸다.

제 4 장 칼날을 들어라

"어서… 정신의 핵을 파괴해야 해…."

꿈속 세상. 눈 덮인 숲속에서 남자는 중얼거렸다.

탄지로의 꿈속에 들어온 건 깡마르고 창백한 얼굴을 한 서생 복장의 청년이었다.

청년은 숲속을 더듬더듬 거닐다가 꿈의 가장자리에 있는 벽을 찾아냈다.

엔무에게 받은 송곳을 휘두르자 풍경이 찢어지고, 그 너머로 꿈의 주인의 무의식 영역이 펼쳐졌다.

"아아…."

그곳에 들어선 청년의 눈이 휘둥그레졌다.

잔물결 하나 없는 거울 같은 호수가 펼쳐져 있었다.

끝없이 푸른 하늘이 그 수면에 반사되어 보였다.

구름은 천천히 흘러가고, 따스한 바람이 불어왔다.

"이게 그의 마음속… 어쩜 이렇게 아름다울까…."

청년은 그곳에 망연히 멈춰 섰다.

"한없이 넓고… 따뜻하다…."

공기도 맑아서 숨을 쉬기만 해도 뭔가가 채워지는 느낌마저
들었다.

그는 이토록 아름다운 장소를 본 적이 없었다.

"……?"

청년의 발치에 뭔가가 빼꼼 나타났다.

하얗게 빛나는, 자그마한 사람의 형태를 한 존재였다. 머리
카락 대신 불꽃 같은 것이 흔들렸고, 얼굴은 빛나서 보이지 않
았다.

빛나는 소인은 꼬리를 물고 나타나서는 청년의 주위를 빙글
빙글 돌았다.

"이건… 뭐지…?"

알 수 없는 존재. 하지만, 적의가 없다는 것은 확실했다. 오히려 꼭 청년을 염려하는 듯한 몸짓을 보였다.

이윽고 소인들은 청년의 손을 잡고 다리를 밀어서 어딘가로 데려가듯이 걷기 시작했다.

"정신의 핵은 어디에 있는 거람?"

비슷한 무렵. 이노스케의 꿈속에 들어온 소녀 역시 핵을 찾아 헤매는 중이었다.

험한 오르막과 내리막이 이어지는 으스스한 동굴이었다. 머리 위로 박쥐가 푸드득 날아다니고, 날카로운 종유석들이 짐승의 엄니처럼 주렁주렁 달려 있었다.

"뭐냐고… 이 요상한 무의식 영역은…"

평범하게 걷기조차 어려운 동굴 속에서 소녀는 거친 숨을 몰아쉬었다.

"…그 기분 나쁜 알몸 멧돼지…. 정말 제정신이 아니야…."

그렇게 중얼거린 순간, 바로 ㄱ 기분 나쁜 알몸 멧돼지가 마치 유령처럼 소녀의 옆에 불쑥 나타났다.

"어?!"

알몸 멧돼지 이노스케는 으르렁거리면서 네 발로 소녀를 쫓아왔다.

"꺄아아아아악!!"

발이 꼬여서 넘어졌어도 소녀는 필사적으로 도망쳤다.

"왜 무의식 영역에 있는 거야?! 알 몸 멧 돼 지 가~!"

"끼야아아악!" 하고 비명을 지르며 동굴 내부를 이리저리 도망 다니는 소녀. 그걸 죽어라 추격하는, 괴물처럼 거대해진 이노스케….

무의식 영역에는 보통 아무도 없어야 정상이다.

하지만 의식이 강한 자, 말하자면 비정상적으로 자아가 강한 자인 경우, 사람이 존재하는 경우가 있다고 한다.

"캄캄해…. 캄캄해서 아무것도 안 보여…."

한편, 젠이츠의 무의식 영역은 어둠 속이었다.

"젠장… 뭐가 이래? 그 노랑머리 꼬맹이의 무의식 영역은…"

엔무의 협력자 중 한 명, 가벼운 복장의 짧은 머리 남자는 짜증을 내면서 주변을 더듬었다.

"'정신의 핵'은 손으로 더듬거리며 찾아내야 되는 건가? …빌어먹을, 장난하나."

숨 막히고, 몸이 무겁다.

비틀거리는 걸음으로 어둠 속을 한 발, 한 발 나아가던 남자의 뒤에서 쩔컥 하는 기묘한 소리가 났다.

"뭐지?"

썰컥… 썰컥….

가위 소리?

깜짝 놀라서 뒤를 돌아보자 어둠 속에서 이 꿈의 주인 젠이츠가 소리도 없이 슥 나타났다.

"왜 사내놈 따위가 들어와 있는 거야…?"

젠이츠의 손에는 터무니없이 커다란 원예용 가위가 쥐어져 있었다.

"이 썩을 놈의 해충이…. 여기에 들어와도 되는 건 네즈코뿐이거든?"

쩔컥….

원예용 가위가 무시무시한 소리를 냈다.

"죽어 버린다."

"우와악!"

남자는 도망쳤다. 전후좌우를 알 수 없는 컴컴한 어둠 속을 좌우간 정신없이 달렸다. 그러나 공중에 떠오른 젠이츠는 그를 곧장 쫓아왔다.

"네즈코는 어딨어?!"

쩔컥, 쩔컥 하는 가위 소리.

"내, 내가 어떻게 알아!"

"그럼 죽어어어!"

"끄아아아악! 싫어!"

젠이츠가 든 가위가 번개처럼 남자를 덮쳤다.

"애를 먹고 있군⋯."

기관차 위에 선 엔무는 뒤를 돌아봤다.

"어찌 된 노릇이지⋯? 아직 그 누구의 '핵'도 파괴하지 못했잖아⋯? 뭐, 시간벌이는 되고 있으니 상관없지만⋯."

게다가 실패한다고 해서 특별히 문제될 것도 없다며 엔무는 엷은 미소를 지었다.

어차피 그 인간들은 한 번 쓰고 버릴 도구.

혈귀 사냥꾼들의 반격을 받아서 죽든 말든 알 바 아니었다.

어차피 조금만 더. 조금만 더 있으면 모든 것이 끝난다.

탄지로는 눈 덮인 숲속을 쉼 없이 달리고 있었다.

'…없다. …냄새는 나는데. 희미하게…. 근데 뭐지, 이건? 막이 껴 있는 것 같아.'

사방팔방에서 희미하게 혈귀 냄새가 난다. 장소를 특정 지을 수가 없다.

"…서둘러야 되는데…!! 네즈코가 피를 흘리고 있어. 만약 다른 사람들도 잠들어 있다면 매우 곤란한 상황이야…."

어떻게 해야 할까…라며 탄지로는 땀이 배어 나온 주먹을 그러쥐었다.

내리 퍼붓는 눈 속에서 숲 이곳저곳을 유심히 살폈다. 본 적이 있는 듯하면서도 없는 듯한 풍경이 끝없이 이어질 뿐이었다.

'난 전집중의 호흡을 못 쓰고 있는 건가? 지금은 그저 잠들어 있는 것뿐인가?'

그것조차 알 수 없었다.

탄지로는 초조해져서 입술을 꽉 깨물었다.

그때.

탄지로를 향해서 눈보라가 별안간 세차게 불어왔다.

"탄지로."

갑자기 귓가에서 목소리가 들렸다. 그리운 목소리.

자신과 등을 맞대고 서 있는 누군가. 그가 속삭이듯이 말을 걸어왔다.

"탄지로, 칼을 들어라. 베어야 될 것은 이미 존재하고 있다."

퍼뜩 놀라서 뒤를 돌아봤으나, 그의 모습은 순식간에 눈 속으로 사라졌다.

'…아빠.'

틀림없다. 그것은 아버지. 돌아가신 아버지의 목소리였다.

'베어야 될 것은 이미 존재하고 있다…. 베어야 될 것….'

탄지로는 일륜도의 칼자루로 손을 가져가면서 그 말을 곱씹었다.

필시 조금 전 수면에 비친 자신의 모습도, 네즈코의 상자의 환영도, 그리고 지금 들린 아버지의 목소리도, 모두 탄지로 자신의 본능이 던져 준 경고다.

이미 알고 있는 '작은 단서'를 탄지로가 이해하지 못하고 있어서 본인과 아버지의 모습을 빌려 나타나 경고한 것이다….

'베어야 할 것… 눈을 뜨기 위해서.'

식은땀이 확 솟았다.

'알아낸 것… 같다.'

탄지로는 칼집에서 일륜도를 뽑아 들었다.

둔탁하게 빛나는 검은색 도신을 응시하면서 탄지로는 침을 꿀꺽 삼켰다.

'하지만, 만약 틀린 거라면? 꿈속에서 일어난 일이 현실에도 영향을 줄 경우, 영영 돌이킬 수가….'

탄지로는 이를 꽉 깨물었다.

'망설이지 말자!! 하자!! 하는 거야!!'

잘게 떨리는 손으로 칼날을 돌렸다.

아마도 '꿈속의 죽음'이 '현실 속의 각성'으로 연결된다.

즉, 베어야 될 것은.

'내 목이다!!'

탄지로는 지면에 무릎을 꿇고 칼날을 자신의 목에 갖다 대었다.

"으아아아아아아!!!"

푸확!! 새하얀 눈 위에 선혈이 튀었다.

"으아아아아아아아아악!!"

탄지로는 비명을 지르면서 벌떡 일어났다.

저도 모르게 식은땀이 흠뻑 배어 나온 손으로 자신의 목을 눌렀다.

"…괜찮아…. 살아 있어…."

원래 타고 있던 열차 안이었다. 탄지로는 깊은 한숨을 푹 내뱉었다.

"움…."

못마땅하다는 듯이 낮게 울리는 목소리에 정신이 번쩍 들어서 돌아봤다. 통로에 쭈그려 앉은 네즈코가 좌석 팔걸이에 꼭 매달려서 탄지로를 올려다보고 있었다.

"네즈코! 괜찮아?!"

반사적으로 몸을 불쑥 내밀자, 네즈코는 머리를 손으로 가리면서 움츠렸다. 어째선지 약간 경계하는 눈으로 탄지로를 올려다봤지만, 특별히 다른 점은 없었다.

"네즈코…."

탄지로는 이제야 안심하고 주변을 둘러봤다.

"……?! 젠이츠, 이노스케… 렌고쿠 씨?!"

통로 맞은편 좌석에는 젠이츠가 잠들어 있었다. 이노스케도.

렌고쿠는 통로에 서 있었지만, 그 역시 눈을 감고 고개를 푹 떨군 채… 하지만, 그의 오른손은 머리를 땋아 내린 소녀의 목을 붙잡아 공중에 쳐들고 있었다.

"어…?"

잘 보니, 그들 주변에는 처음 보는 젊은이들이 앉아 있었다.

통로에 한 명. 젠이츠와 이노스케가 있는 맞은편 좌석에도 한 명. 모두 하나같이 깊은 잠에 빠진 것 같았다.

'…누구지, 이 사람들은…?'

젠이츠의 손목에 밧줄이 감겨 있는 것이 보였다.

'손목을 밧줄로 연결했어….'

그 끝은 통로에 잠들어 있는 짧은 머리 남자의 손과 연결되어 있었다. 이노스케의 손과 맞은편 자리의 긴 머리 소녀의 손도, 마찬가지로 밧줄로 묶인 상태였다. 렌고쿠와 공중에 들린 땋은 머리 소녀도 똑같았다.

'…밧줄….'

탄지로는 자신의 손목에도 밧줄이 감겨 있음을 깨달았다.

'뭐지, 이건…? 불에 타 끊어졌잖아.'

맡아 본 적 있는 냄새가 났다.

'…네즈코의 불타는 피인가?'

한 번 더 코를 가까이 댔다.

'…희미하지만 혈귀 냄새도 난다….'

뭔가가 퍼뜩 생각나서 탄지로는 자신의 품에 손을 쑥 집어넣었다.

"표!!"

냄새를 맡았다.

역시… 이것도 희미하게 혈귀 냄새가 났다.

틀림없었다.

표를 끊을 때, 강제로 잠든 것이다.

'혈귀가 농간을 부려 놓은 거지…. 고작 이만한 미량의 냄새로 이토록 강한 혈귀술을….'

강적이라고, 탄지로는 이를 악물었다.

어쨌든 동료들을 깨워야 한다. 탄지로는 다시 한번 렌고쿠와 동기들을 살펴봤다.

아무리 생각해도 이상한 건 이 밧줄이었다. 하지만….

'뭐지…? 이 밧줄, 왠지 일륜도로 절단하면 안 좋을 것 같아.'

자신의 손목에 남은 밧줄을 쳐다봤다.

네즈코가 혈귀술로 이 밧줄을 태웠고 그 불꽃은 꿈속에 도달했다.

"…네즈코, 부탁해. 밧줄을 불태워 줘."

네즈코는 고개를 끄덕이고는 센지스의 곁에 웅크려 앉았다. 발치에 누운 남자와 연결되어 있는 밧줄을 혈귀술로 태워서 끊었다. 이어서 이노스케와 렌고쿠의 밧줄도.

"젠이츠, 일어나!"

탄지로는 젠이츠의 어깨를 잡고 흔들었다.

"일어나, 젠이츠! 일어나라고!"

…틀렸다. 일어나지 않는다.

"일어나, 이노스케! 부탁이야! 이노스케!"

"유!"

네즈코가 불만스러운 얼굴로 끼어들었다. 쓰다듬어 달라는 것처럼 얼굴을 들이밀었다.

"우쭈쭈쭈, 미안해. 고마워. 애썼구나, 네즈코."

빙그레 미소 지은 탄지로는 네즈코의 머리를 쓰다듬으면서 한 번 더 두 사람을 쳐다봤다.

'안 되겠어…. 둘 다 일어나질 않아…. 어떡하면 좋지?'

"렌고쿠 씨…."

어찌할 바를 몰라서 렌고쿠에게 말을 걸려고 한 그때.

"!"

느닷없이 누군가가 공격해 왔다. 탄지로는 재빨리 네즈코를 감싸면서 옆으로 피했다.

"뭐지?!"

그건 렌고쿠에게 목을 붙잡혀 들려 있었던 땋은 머리 소녀였다. 깨어나면서 그 손에서 벗어났는지, 무시무시한 형상으로 송곳을 겨누고 있었다.

소녀가 평범한 인간임은 냄새로 확인했다. 그런데 왜 탄지로와 네즈코를 공격하는 것일까?

'이 사람… 혈귀에게 조종당하고 있는 건가?'

하지만 소녀는 얼굴을 일그러뜨리면서 탄지로에게 욕을 퍼부었다.

"방해하지 마! 너희가 오는 바람에 꿈을 못 꾸게 됐잖아!"

"!"

꿈을 못 꾸게 됐다고?

혈귀가 꿈을 꾸게 해 주길 바란 거야?

'…자신의 의지로?'

젠이츠와 연결돼 있던 짧은 머리의 남자와, 이노스케와 연결돼 있던 긴 머리 소녀도 일어섰다. 그들 역시 송곳을 겨누고 탄지로를 노려봤다.

"뭐 하고 있어? 너도 일어났으면 가세해!"

긴 머리 소녀는 갑자기 오른편 좌석을 향해 소리쳤다.

"결핵인지 뭔지는 모르겠지만, 제대로 일하지 않으면 그 사람한테 일러바쳐서 꿈꾸게 해 주지 말라고 할 거야!"

그 말을 듣고 또 한 명의 남성이 비틀비틀 일어났다.

'나랑 연결되어 있던 사람인가…?'

서생 복장의 청년이었다. 앉아 있던 장소는 탄지로와 등을 맞대는 바로 뒤쪽 좌석이었다.

청년은 울고 있었다. 안색이 매우 나쁘고 깡마른 몸이었다.

'결핵… 병에 걸렸구나…. 가엾게도.'

탄지로는 애처로운 눈으로 청년을 바라봤다.

이 시절에 결핵은 효과적인 치료법이 없는 무서운 질병이었다.

'용서할 수 없는 혈귀야. 사람 마음에 파고들어서….'

탄지로는 주먹을 꽉 쥐었다.

"…미안해. 난 싸우러 가야 해."

그들을 원망하진 않았다. 하지만, 여기서 시간을 빼앗길 수는 없는 노릇이었다.

탄지로는 바닥을 박차고 달려 나갔다. 눈 깜짝할 사이에 긴 머리 소녀와 짧은 머리 남자의 목덜미를 손날로 내리쳤다. 두 사람은 작게 신음한 뒤 의식을 잃었다.

"……!!"

땋은 머리 소녀가 자포자기했는지 송곳을 휘둘렀다. 그러나 탄지로는 그걸 가볍게 피한 다음, 역시나 목덜미를 손날로 때렸다.

발치에 쓰러진 세 사람을 둘러보면서 탄지로는 딱하다는 듯이 얼굴을 찌푸렸다.

"행복한 꿈속에 있고 싶겠지…. 그 심정, 이해해…. 나도 꿈속에 있고 싶었으니까…."

꼭 끌어안은 동생들의 몸과 뺨에 닿은 어머니의 손의 온기. 탄지로를 부르는 가족들의 목소리.

지금도 또렷하게 남아 있었다.

그것이 현실이라면 얼마나 행복할까.

하지만 현실은. 현실의 가족은.

모두 피투성이가 되어 살해당했다….

"이게 꿈이라면 좋았을 텐데…."

탄지로는 입술을 꽉 깨물고 또 한 명의 남자… 탄지로와 연결돼 있던 깡마른 청년의 얼굴을 바라봤다.

하지만 이미 그 청년에게는 탄지로를 공격할 마음이 없었다.

그저 눈물 어린 눈으로 탄지로를 빤히 응시하면서 마음속으로 중얼거렸다.

'나는… 이 병의 고통으로부터 벗어나기 위해서라면 남에게 상처 주는 건 상관없다고 여겼어….'

그런데.

'…너의 꿈속… 마음속은 따뜻했어.'

청년은 떠올렸다.

탄지로의 마음속에서 본 것을.

티 없이 맑고 아름다운 장소에서, 어느샌가 그의 주변에 나타난 빛나는 소인들을.

"너희는 이 사람의 마음씨의 화신이구나…."

소인들의 안내를 받아 거울 같은 수면을 걸어가면서 청년은 힘없이 미소 짓고 있었다.

"여기는… 공기가 맑아서 편안해…."

이윽고 눈앞에 따스한 빛을 발하는 구체가 보였다.

이 세상의 온기와 빛의 발생원… 마치 태양 그 자체 같은 그것은….

"정신의 핵…. 왜 보여 주는 거야?"

청년이 소인들에게 묻자, 소인들은 청년을 향해 "어서, 여기 있어."라고 말하듯이 그 핵을 손으로 가리켰다.

"내가 찾고 있었으니까… 데려온 거니?"

그는 그 자리에 무릎을 꿇고 울음을 터트렸다.

"그럴 수가…. 난 부수려고 했는데… 어째서…?"

청년은 아무것도 하지 못한 채 그저 울기만 했다.

빛나는 소인들은 그를 위로하는 것처럼 주위에 둘러서서 하늘하늘 흔들렸다.

여기에 계속 있고 싶다. 청년은 그렇게 생각했다.

하지만 그때, 세상이 크게 흔들리면서 청년은 커다란 구멍으로 떨어졌다.

탄지로가 잠에서 깨어났기 때문이다.

그렇지만 빛나는 소인 한 명이 청년의 손을 꼭 쥐고 있었다.

그 빛은 지금도 그의 마음속에 있다.

'네 안에 있던 빛나는 소인이 내 마음을 비춰 줬어….'

청년은 가슴을 꾹 누르면서 눈앞에 선 탄지로의 얼굴을 응시했다.

" 괜찮으세요?"

탄지로가 걱정스러운 목소리로 물었다. 청년은 고개를 끄덕였다.

"고맙다. 조심해."

"네?"

탄지로는 놀란 듯이 눈을 동그랗게 떴지만, 이내 싱긋 웃어 보였다.

"네!"

그리고 곁에 있던 네즈코의 이름을 부르며 손을 잡고는, 둘이 함께 달려 나갔다.

제 **5** 장 모욕

    차량의 문을 열고 연결부로 나온 탄지로는 반사적으로 두루마기 소매로 코와 입을 가리고 뒷걸음질 쳤다.

    "큭… 엄청난 냄새다. 묵직해…!!"

    쉼 없이 달리는 기차 주변에는 굴뚝에서 피어나온 연기마저 지워 버릴 정도로 혈귀의 냄새가 충만했다.

    "이 바람 속에서도 혈귀 냄새가 이렇게까지…!!"

    이런 상태에서 자신은 잠들어 있던 것이냐며, 탄지로는 어금니를 꽉 깨물었다.

    '아무리 객차가 밀폐되었다 해도 믿어지지가 않네… 한심해!!'

몸을 앞으로 숙여서 아득히 먼 전방을 확인했다.

'혈귀는 바람이 불어오는 쪽에 있다…. 선두 차량인가?'

탄지로는 객차 지붕 위로 휙 뛰어올라서, 따라오려고 하는 네즈코를 막았다.

"네즈코, 따라오지 마!! 위험하니까 기다리고 있어! 다른 사람들 좀 깨워 주고!"

그 말을 마치고 전방을 향해 지붕 위를 내달렸다.

바람 소리가 웅웅 울리고, 연기가 흩날렸다.

"……!"

얼마 되지 않아 사람 그림자가 보였다.

전방 객차 지붕에 누군가가 서 있었다.

"어라? 일어난 거야? 잘 잤어?"

양장 차림의 젊은 남자였다. 남자는 뒤를 돌더니, 탄지로를 향해서 왼손을 가볍게 흔들었다.

"아직 더 자도 되는데."

남자의 왼쪽 눈에는 '하현1'이라는 글자가 새겨져 있었다. 그리고 왼손 손등에는 흉측하게 벌어진 입.

'이놈이…!!'

하현1 십이귀월이다.

혈귀는 조롱하는 말투로 말을 이었다.

"어째서지? 기껏 좋은 꿈을 꾸게 해 줬잖아. 네 가족 모두 참살하는 꿈을 보여 줄 수도 있었다고!"

차라리 그쪽이 더 나았냐고 혈귀는 물었다.

"싫지? 괴롭잖아."

일륜도를 쥔 탄지로에게 혈귀는 미소를 지어 보였다.

"그림, 이번에는 아버지가 살아 돌아온 꿈을 꾸게 해 줄까?"

탄지로는 분노로 눈앞이 캄캄해지는 느낌이 들었다.

엔무는 필사적으로 감정을 억누르는 탄지로를 지켜보면서 흐뭇해했다.

'사실은 행복한 꿈을 보여 준 뒤에 악몽을 보여 주는 걸 좋아해. 인간의 일그러진 표정이 몹시 좋거든…. 참을 수 없을 만큼.'

불행에 기력을 잃고 고통 속에 몸부림치는 자를 구경하는 건 즐겁다.

엔무는 줄곧 이 열차에서 그렇게 승객들을 꿈으로 현혹시키고, 괴로워하는 얼굴을 즐기면서 게걸스럽게 먹어치웠던 것이다.

'하지만 난 방심하지 않으니 다소 멀리 돌아가더라도 확실하게 죽일 거야, 혈귀 사냥꾼은.'

잉크에 자신의 피를 섞어 넣은 표. 차장이 표를 끊어 구멍을 내면 주술이 발동한다.

'그런데 이 녀석은 어떻게 일어난 거지?'

엔무는 일륜도를 뽑으려 하는 탄지로를 눈웃음을 지으며 바라봤다.

'단시간에 각성 조건도 간파했다. 행복한 꿈이나 자신에게 유리한 꿈을 꾸길 원하는 인간의 욕구는 어마어마한데도.'

"사람 마음 안에 흙발로 밀고 들어오지 마!"

탄지로가 고함을 질렀다.

"난 널 용서할 수 없어!"

분노로 일그러진 그 얼굴을 보고, 엔무는 알아챘다.

'어라? 귀에 장신구를 달고 있네…?'

바람을 받아 흔들리는, 화투를 닮은 일륜의 귀고리.

'귀에 화투 같은 장식을 단 혈귀 사냥꾼을 죽이면 피를 좀 더 나눠 주마.'

그분… 키부츠지 무잔은 그렇게 말했다.

틀림없다. 눈앞에 있는 이 소년이 그 혈귀 사냥꾼이다.

"운이 좋은데? 벌써 찾아오다니, 내 앞에! 꿈만 같아. 이로써 무잔 님의 피를 좀 더 받을 수 있겠구나!"

'그리고 좀 더 강해지면 상현 혈귀에게 교체 혈전을 신청할 수 있어.'

엔무는 빙그레 웃었다.

"물의 호흡, 제10형. 생생유전(生生流転)!"

던지고기 윈을 그리듯이 칼을 휘둘렀다. 그 궤적을 따라 흐르는 물의 환영이 일렁거렸다.

사납게 날뛰는 용과도 같은 파동을 휘감은 탄지로가 단숨에 거리를 좁혀 왔다. 하지만 엔무는 허둥대는 기미도 없이 그를 향해 왼손을 내밀었다.

"혈귀술. 강제 졸도 최면의 속삭임."

왼손 손등에 있는 흉측한 입이 속삭였다.

"잠 들 어 라아아!!"

탄지로는 아주 잠깐 휘청이면서 그 자리에 쓰러질 뻔했다.

그러나 금세 두 눈을 부릅뜨고는 자세를 바로잡았다.

'잠들질 않네?'

코앞에 다가온 탄지로의 칼날을 뒤쪽으로 펄쩍 날아 피한 엔무는 다시 한번 왼손을 들었다.

"잠들어라!

탄지로는 비틀거렸다. 하지만 역시나 금세 다리에 힘을 주고 서서 고개를 들었다.

"잠들어라! 잠들어라! 잠들어라아아아아아!"

몇 번이고, 몇 번이고 주술을 발동시켰다.

'안 통한다. 왜 이러지?'

탄지로는 순간적으로 반응할 뿐, 눈 깜짝할 사이에 칼을 다시 겨누고 엔무에게 달려들었다.

'아니… 틀렸어, 이건.'

통하지 않는 게 아니다.

'이 녀석은 몇 번이고 주술에 걸려들었다!'

내리쳐지는 일륜도를 피하면서 엔무는 연거푸 주술을 걸었다. 주술에 걸리고 있다는 증거로, 그 잠깐 동안은 탄지로의 움직임이 정지됐다.

'걸려든 순간, 걸렸다는 사실을 인식하고 각성하기 위해 자결한 거야!

아무리 꿈속이라 해도 자결을 한다는 건, 스스로 자신을 죽이는 일은 엄청난 담력이 필요하다.

'이 애송인 정상이 아니야!'

엔무는 객차 지붕 위를 이리저리 뛰어다니며 주술을 펼쳤다.

몇 번째인지 모를 꿈속에 떨어진 탄지로는 생가의 토방에서 있었다.

토방도, 그 너머의 다다미방도 피바다였다.

눈앞에서 로쿠타가 울고 있었다.

"…왜 구해 주지 않은 거야…?"

옆에서 다가온 타케오가 멍하니 있는 탄지로를 세게 밀쳤다.

"우리가 죽을 때 뭐 하고 있었어?"

뒤쪽에서 하나코가 탄지로의 팔을 꽉 붙잡고 원망스러운 듯이 중얼거렸다.

"자기만 살아남다니…."

모두의 얼굴도, 기모노도 피로 물들어 있었다.

비틀거린 순간에 장면이 바뀌었다.

이부자리에서 상반신을 일으킨 아버지가 탄지로를 노려봤다.

"넌 뭘 위해서 있는 거냐. 이 쓸모없는 놈!"

뜨거운 된장국을 뒤집어써서 아연실색한 탄지로가 눈을 감았다 다시 떠보니 그곳은 역시 피바다였다.

발치에 타케오, 시게루, 하나코가 쓰러져 있었다. 축 늘어진 로쿠타를 품에 안은 어머니가 토방에 서서 탄지로를 노려보고 있었다.

"차라리 네가 죽었어야 했는데. 잘도 태평하게 살고 있구나."
어머니는 진심으로 경멸하는 듯한 얼굴로 쏘아붙였다.

탄시로의 이미에 핏데기 블기저 가왔다. 인순이 분누로 부들부들 떨렸다.

"그런 소릴 할 리 없잖아!! 내 가족이!!"

절규와 함께 탄지로는 깨어났다. 눈앞에서 희미한 미소를 띠고 있는 혈귀를 향해서 전력으로 달려들었다.

"내 가족을!! 모욕하지 마아아아아아아아아아!!"

체중 전부를 실은 칼날이 칭칭 휘감기는 용처럼 엔무의 목덜미를 덮었다.
튕겨나가듯이, 혈귀의 목이 날아갔다.

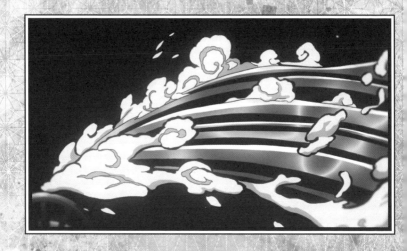

느릿하게 호를 그리면서 객차 지붕 위에 떨어진 머리와 그 자리에 쓰러진 몸을 번갈아 보면서 탄지로는 미간을 찌푸렸다.

"손맛이 서의 없어…."

혹시 이것도 꿈인가?

'아니면, 이 혈귀는 그자보다도 약한 건가?'

탄지로는 전에 싸웠던 혈귀를 떠올렸다. 소년의 모습을 한 그 혈귀는 하현5. 지위를 따지자면 이 혈귀보다도 훨씬 아래였을 터였다.

그 이후로 탄지로 자신도 단련해서 강해졌다고는 하나, 이렇게나 간단히 쓰러트리는 게 가능할까?

그때 머리 쪽에 달린 입이 천천히 움직였다.

"…그분이 주들뿐만 아니라 '귀걸이를 찬 너'도 죽이라고 말씀하신 기분, 너무도 잘 알 것 같다."

"!"

두근… 두근….

잘려 나간 목의 절단부에서 살덩어리가 자라났다. 그러자 그것은 마치 나무줄기처럼 순식간에 꿈틀꿈틀 뻗어나서, 머리를 높이 들어올렸다.

소름끼치는 로쿠로쿠비*, 혹은 사람 얼굴을 한 구렁이.

"존재 자체에 왠지… 부아가 막 치밀어 오르는 느낌이야."

목만 남은 혈귀는 몇 미터나 위에서 탄지로를 내려다보면서 웃었다.

'목을 베었는데, 안 죽어?!'

망연자실해서 올려다보는 탄지로에게 엔무는 기쁜 듯이 머리를 흔들었다.

"멋진데? 그 표정. 바로 그런 표정을 보고 싶었던 거야. 목을 벴는데도 왜 안 죽는 건지 궁금해 죽겠지?"

우후후, 우후후 하고 엔무는 웃었다.

그 웃음소리와 공명하는 것처럼 열차 자체가 맥동하기 시작했다.

"좋아, 난 지금 기분이 고양되어 있으니까. 갓난아기도 알 수 있을 만큼 단순한 이유야. 우후훗. 그게 더 이상 본체가 아

※로쿠로쿠비 : 목이 길게 늘어나는 일본의 요괴.

니게 되었기 때문이지."

두근, 두근 하고 열차가 흔들렸다.

좌우로 꿈틀꿈틀 움직이면서 엔무는 탄지로의 뒤쪽에 나뒹구는 자신의 몸을 쳐다봤다.

"지금 떠들고 있는 이것도 마찬가지고. 머리 꼴을 하고 있는 것뿐, 머리는 아니야."

엔무는 기다란 살덩어리를 빙그르 돌려서 전방에서 연기를 내뿜는 기관차를, 그리고 후방으로 이어지는 객차 전부를 바라봤다.

"네가 쿨쿨 자고 있는 동안, 난 이 기차와 '융합'했거든."

기차와… 융합?

쿠오오오오오….

비릿한 바람. 뜨뜻미지근한 바람.

"이 열차 전체가 내 피이자 살이자 뼈가 된 거지!!"

두근… 두근….

열차 전체를 뒤흔드는 듯한 고동이 들렸다. 무시무시한 고동이.

탄지로는 숨을 삼켰다. 빠른 속도로 온몸의 피가 얼어붙는 게 느껴졌다.

그 얼굴을 보고 엔무는 또다시 기쁜 듯이 웃었다.

"우후훗, 그 표정! 이제 이해가 좀 되나? 말하자면, 이 기차의 2백 남짓 되는 승객들이 내 몸을 더욱 강화시키기 위한 먹이 그리고 인질이란 뜻이야."

어때? 다 지킬 수 있겠어? 라며 엔무는 비웃었다.

"너 혼자서 이 기차의 끝에서 끝까지 우글거리고 있는 인간 전체를 내가 못 먹게 '붙잡아 둘' 수 있을까?"

그 말을 마친 엔무는 '목'을 슈륵슈륵 움츠려서는 지붕 속으로 파고드는 것처럼 사라졌다.

"윽…!!"

탄지로는 필사적으로 그곳을 향해 칼날을 내리쳤지만, 한발 늦은 뒤였다. 머리의 형상을 한 부분도 마치 녹아들 듯이 지붕에 흡수됐다.

'어떡하지…? 어떡하지!!'

식은땀이 왈칵 솟아났다.

'혼자서 지키는 건 2량이 한계야! 그 이상의 안전은 보장할 수 없어…!!'

"렌고쿠 씨! 젠이츠… 이노스케! 지금 자고 있을 때가 아니야!! 일어나, 제발!!"

지붕 위를 달리면서 탄지로는 외쳤다.

"네즈코!! 잠들어 있는 사람들을 지켜!!"

그때.

쾅쾅, 우직우직.

굉장히 큰 소리가 나더니 탄지로가 원래 타고 있던 차량의 지붕이 안쪽에서 찢어졌다.

"!!"

"우오오오오오오오!! 이야아아아압!! 날 따라오너라, 부하들아!!"

우렁찬 외침이 터져 나왔다.

"폭렬각성!! 저돌맹진!! 이노스케 님이 지나가신다아아아앗!!"

너덜너덜하게 이가 나간 두 자루의 일륜도를 양손에 쥐고서, 이노스케는 지붕 위로 뛰쳐나왔다.

혈귀 냄새가 나는 표를 네즈코가 불태워 준 덕분에 이노스케는 무사히 꿈에서 깨어난 것이다.

"이노스케!"

탄지로는 잠깐 함박웃음을 지었지만, 금세 진지한 표정으로 돌아가 이노스케를 향해 크게 소리쳤다.

"이노스케! 이 기차에는 더 이상 안전한 곳이 없어! 잠들어 있는 사람들을 지켜야 해!! 이 기차 전체가 혈귀로 돌변했어!!"

쉴 새 없이 달리는 육중한 기차의 굉음.

소용돌이치는 바람을 거슬러서 탄지로는 고래고래 소리를 질렀다.

"내 말 들려?! 이 기차 전체가 혈귀라고!!"

"음!"

이노스케는 가슴을 쭉 펴더니 "역시나!"라고 외쳤다.

"내 예상이 맞은 거네! 내가 두목으로서 흠잡을 데 없다는 뜻이지!!"

이노스케는 힘차게 발돋움을 해서 자신이 뚫은 지붕의 구멍으로 다시금 뛰어들었다.

객차 내부의 광경은 그 몇 초 사이에 완전히 바뀌어 있었다.

바닥에서, 천장에서, 벽에서, 좌석에서, 기분 나쁜 살덩어리가 자라나 부풀어 올라서 잠든 승객들을 집어삼키려 스멀스멀 다가가고 있었다.

"짐승의 호흡, 제5엄니. 마구 찢기!!"

이노스케는 양손의 칼을 붕붕 휘두르며 객차 내부를 이리저

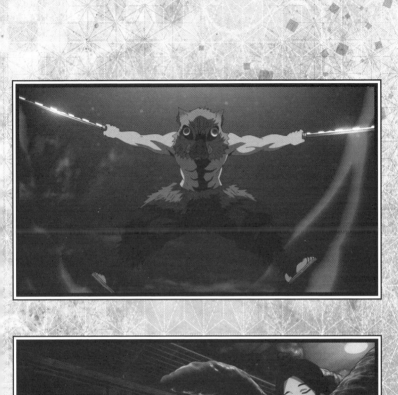

리 뛰어다녀서 살덩어리들을 차례차례 절단했다.

"이놈이고, 저놈이고, 내가 다 구해 주마!! 마땅히 납작 엎드려서!! 우러러 찬양해라, 나를!!"

연결부의 문을 박차고 전방 차량을 향해 달려갔다.

"이노스케 님이 지나가신다아앗!!"

이노스케가 객차 내부로 뛰어든 것을 확인한 탄지로는 숨을 크게 내뱉은 다음, 고개를 휙 쳐들었다.

"나도 승객을 구해야 해. 이노스케가 여길 지켜 준다면 난 앞쪽으로!"

달려왔던 방향으로 다시 돌아가려고 몸을 돌린 순간.

콰앙!!

"?!"

기차가 크게 흔들리는 동시에 객차의 창문이 일제히 깨져서 날아갔다.

"……!!"

소름 끼치는 살덩어리가 바깥을 향해 비어져 나왔다.

창문뿐만 아니라 차량의 연결부에서도.

탄지로는 깨진 창문을 통해 객차 안으로 들어갔다.

"…벌써 이렇게나!!"

이미 그곳은 도저히 기차 내부로 보이지 않았다. 벽과 바닥에서 두근두근 맥박이 뛰는 소리가 들려왔다.

이것은 그야말로 거대한 생물의 배 속이다.

살덩어리로 뒤덮인 벽과 바닥 여기저기에서 탄지로를 노리는 것처럼 꿈틀거리는 촉수가 뻗어 왔다.

"물의 호흡, 제1형, 수면 베기!!"

일륜도가 흐르는 물의 궤적을 그리면서 촉수를 난도질했다.

그러나 그것은 눈 깜짝할 사이에 재생해서 또다시 부풀어 오르기 시작했다.

'큰일이다. 이건 끝이 없겠어…. 어떻게 막으면 좋지…?!'

'후후후후후….'

이제는 열차와 완전히 하나가 된 엔무가 만족스럽게 웃었다.

'혈귀 사냥꾼 놈들. 내 안에서 쥐새끼처럼 돌아다니기는….'

아까 그 귀고리를 찬 혈귀 사냥꾼도, 멧돼지 머리의 혈귀 사냥꾼도, 헛된 전투를 벌이고 있었다.

'베어도, 베어도, 나는 재생해… 그리고 너희가 힘이 다한 뒤에 2백 명의 승객을 느긋하게 잡아먹어 줄 테니까….'

후후후후후 하고 엔무가 웃을 때마다 열차는 기분 나쁘게 삐걱거렸다.

이노스케가 뛰쳐나간 뒤에 객차에 홀로 남은 네즈코 역시 고전 중이었다.

네즈코는 차례차례 공격해 오는 끔찍한 촉수를 혈귀의 손톱으로 베어 넘기고, 승객을 집어삼키려고 부풀어 오르는 살덩어리를 발로 차서 끊어 버렸다.

하지만 그것들은 끝도 없이 재생하고 배로 늘어나서 다시 네즈코를 습격했다.

피를 태우는 네즈코의 혈귀술 '폭혈'은 혈귀의 몸에만 통하는 능력이다.

그러나 이만큼 강대한 적을 상대하기에는 너무나도 많은 양의 피를 필요로 했다. 피를 너무 많이 사용하면 네즈코는 잠들어 버린다.

"!!"

승객 소년을 구하려고 뻗은 네즈코의 팔에 촉수가 휘감겼다. 뿌리치려는 동작보다도 빠르게 전후좌우에서 뻗어 온 살덩어리들이 네즈코의 양팔과 양다리를 단단히 포박했다.

"우우우우움!"

네즈코는 재갈을 문 입으로 크게 신음했다. 자신의 사지를 세게 졸라서 뜯어내려 하는 힘에 필사적으로 저항했다.

그때.

별안간 금색 빛이 작렬하면서 네즈코를 붙들고 있던 촉수가 산산조각 났다.

"!"

서서히 모습을 드러낸 그림자는 젠이츠였다.

"번개의 호흡 제1형. 벽력일섬 6연발!!"

전광석화의 6연속 참격이 차량을 종횡무진으로 베었다. 이곳저곳에서 새로 자라나려 하던 촉수가 순식간에 싹 제거됐다.

천천히 칼을 칼집에 집어넣으면서 젠이츠는 말했다.

"네즈코는 내가 지킨다."

"!"

네즈코는 눈을 크게 떴다.

…하지만.

"…지킨다! 흥알흥알… 피유~"

젠이츠는 눈을 질끈 감은 채 코에는 콧물 방울을 달고 있었다. 아직 자고 있는 것이다.

그렇지만 아직 잠들어 있기에 젠이츠는 싸울 수 있었다.

겁이 많은 그는 잠들었을 때만 본래의 강한 실력을 발휘할 수 있기 때문이다.

재차 그들을 노리는 무수한 촉수들을 향해 네즈코와 젠이츠는 등을 맞대고 방어 태세를 취했다.

제6장 협소(挾所)의 공방

'낙뢰와 같은 소리. 뒤쪽 차량인가?!'

탄지로는 싸우면서 뒤쪽을 돌아봤다.

…어떤 상황인지 모르겠다. 젠이츠는 일어났나? 렌고쿠 씨는? 네즈코는…?!

하지만 잠깐이라도 주의를 돌리면 촉수가 습격해 왔다. 자신을 향해 오는 것에 집중하면, 이번에는 여기저기서 승객을 잡아먹으려 들었다.

탄지로는 눈앞에 있는 사람들을 지키느라 빠듯했다.

'큰일이다. 어떡하지? 연대가 전혀 안 되고 있어!!'

뒤쪽 차량 승객들은 무사한가?

순식간에 자라나는 살덩어리는 위쪽은 물론 아래쪽에서도 탄지로에게 달려들었다.

'젠장! 좁아서 칼도 휘두르기 힘들어!'

조금만 비틀거려도 이곳저곳에 몸이 부딪치고, 발이 걸려 넘어질 뻔했다.

타개책이 보이지 않아서 탄지로는 이를 악물었다.

바로 그때.

"으음…."

불꽃을 닮은 그림자가 언제부턴가 객차 내부를 거닐고 있었다.

"선잠 자고 있는 동안 이런 사태가 벌어졌을 줄이야!! 설마 설마했는데!!"

당찬 얼굴로 고개를 든 이는 염주, 렌고쿠 쿄쥬로였다.

"주로서 한심하구만!!"

목표물을 포착해 뻗어 오는 촉수를 쥐고 있던 염도로 양단한 뒤, 렌고쿠는 차분히 호흡을 가다듬었다.

"쥐구멍이라도 있으면 들어가고 싶어!!"

152

그 한마디와 함께 렌고쿠는 바닥을 박찼다.

콰앙!!

"뭐… 뭐지?!"

열차와 일체화한 엔무는 몸 안에서 폭발하는 듯한 통증을 느끼고 소스라치게 놀랐다.

후방 차량에서 작열하는 물체가 내부를 휘저었다.

불타는 듯한 충격이 엔무의 살점을 갈가리 찢었다.

열차가 튀어 오르고, 선로에서 붕 뜬 바퀴가 헛돌았다.

"뭐… 뭐지, 방금 그건?"

충격은 탄지로가 있는 차량에도 도달했다.

탄지로는 세게 튕겨나가 벽에 부딪치면서도 간신히 착지했다.

"혈귀의 공격인가?!"

겨우겨우 자세를 바로잡아 고개를 들자,

"카마도 소년!"

열기를 두른 렌고쿠가 바로 앞에 서 있었다.

"렌고쿠 씨!!"

깜짝 놀란 탄지로 앞에 한쪽 무릎을 꿇고 앉은 렌고쿠는 약간 빠른 말투로 말했다.

"여기로 오는 길에 상당히 세세하게 참격을 날리며 달려와서, 혈귀 쪽도 재생하는 데에 시간이 좀 걸리겠지만, 여유는 없다! 짧고 간략하게 말할게!"

"네!"

"이 기차는 8량 편성이야. 난 후방 5량을 지킬 테니! 나머지 3량은 노란 소년과 카마도 누이동생이 지켜라! 너와 멧돼지 머리 소년은 그 3량의 상태를 예의주시하면서 혈귀의 목을 찾아!"

"목?! 하지만 지금 이 혈귀는….."

탄지로가 거기까지 말했을 때 얼굴을 불쑥 들이민 렌고쿠는 딱 잘라 말했다.

"어떤 형태로 변하든 간에, 혈귀인 한은 급소가 있어!!"

"!!"

"나도 급소를 찾아 가며 싸울 테니! 너도 기합 단단히 넣어라!!"

그렇게 말한 렌고쿠는 자리에서 일어나 일순 자세를 낮추는

가 싶더니 쿵 하고 바닥을 박찼다.

어마어마한 충격이 감돌고, 열풍이 휘몰아쳤다.

다음 순간, 렌고쿠의 모습은 이미 어디에도 없었다.

'대단하다…!! 하나도 안 보여!'

그가 달려갔을 후방 쪽을 향해 화염의 뜨거운 기운이 감돌 뿐이었다.

'이끼 그건 렌고쿠 씨가 이동하면서 발생한 진동이었구나…!'

이것이 귀살대의 주.

처음으로 목도한 그 힘에 탄지로는 압도되었다.

'상황 파악과 판단이 빠르다. 5량을 혼자서….'

그러다 헉 하고 고개를 들었다.

'감탄이나 할 때가 아니잖아, 이 바보야! 마땅히 해야 될 일을 해야지!'

자기 자신을 북돋은 다음, 즉시 일어나서 달려 나갔다.

'혈귀의 냄새가 점점 더 강력해지고 있다! 서둘러!'

습격해 오는 촉수를 베어 넘기면서, 탄지로는 큰 소리로 외쳤다.

"이노스케! 이노스케, 어디 있어?!"

"시끄러, 확 죽여 버린다!!"

천장에서 호통 치는 게 들려왔다.

"위에 있구나!"

보아하니 지붕 위에서 같은 방향으로 달리는 중인 것 같았다.

"부리부리 눈알 놈한테 지시받았어! 크으으으윽!!"

언제나 자신이 제일 강하다고 믿는 이노스케는 이를 뿌득뿌득 갈고 있었다. 부리부리 눈알이란 렌고쿠를 말하는 것이리라.

"근데 왠지… 왠지… 왠지 대단하더라! 열받아아아아!!"

"이노스케!! 전방 3량을 예의주시하면서…."

"알아아아아아!!"

이노스케는 전속력으로 달리면서 소리쳤다.

"그리고 난 찾아냈거든? 이미!! 전력을 담은 제7형으로! 이 신령 놈의 급소를!!"

이노스케가 사용하는 짐승의 호흡 제7형은 자신에게서 멀리 떨어진 장소까지 감각을 뻗어서 적의 기척을 탐지할 수 있는 기술이다.

"그랬구나!! 역시… 앞쪽이지?"

"그래, 앞쪽이야! 좌우간 앞쪽이 기분 나빠!!"

이노스케의 목소리가 멀어졌다.

탄지로는 고개를 힘차게 끄덕이고는 자신도 연결부를 통해 밖으로 나왔다.

'강한 바람 때문에 냄새가 자꾸 흘러가 버려 알아내기 힘들었지만, 이노스케가 그렇다면 분명 틀림없다!'

"석탄이 실려 있는 부근이지?!"

목청을 높여서 물어보자, 앞쪽에서 "그래!"라는 우렁찬 대답이 돌아왔다.

"알았어! 좋아, 가 보자! 앞으로!!"

탄지로 역시 지붕 위로 펄쩍 뛰어올랐다.

'렌고쿠 씨는 무려 5량의 승객들을 지켜 주고 계신다. 이노스케는 적의 급소를 찾아냈다. 젠이츠도, 네즈코도 싸우고 있다. 나도 도움이 되어야 해. 모두를 지켜야 해!'

철판과 나무판자의 결합부에서 튀어나와 덮쳐 오는 촉수들을 칼로 베면서, 탄지로는 이노스케의 뒤를 쫓듯이 달려갔다.

"…여기인가."

이노스케는 석탄이 실린 탄수차* 위에 떡 하니 버티고 서서 바로 앞쪽의 기관실을 내려다봤다.

"이야아아아압!!"

쿠웅!!

양손의 일륜도를 휘둘러서 기관실 지붕을 순식간에 파괴해 안으로 뛰어들었다.

"수상해! 수상해! 특히나 이 근방!"

"뭐, 뭐야, 넌!! 썩 나가!!"

갑자기 기관실에 뛰어들어온 멧돼지 머리 남자를 보고 기관사가 당황해서 소리쳤다.

그래도 이노스케는 전혀 개의치 않고 칼을 치켜들었다.

"혈귀의 목! 혈귀의 급소오오오오!!"

복잡한 기계들이 꽉 들어찬 장소를 향해 돌진했다.

"!!"

하지만, 그 순간.

슈왁!!

※탄수차 : 증기 기관차의 바로 뒤에 고정 연결되어 물과 각종 연료를 공급하는 차량.

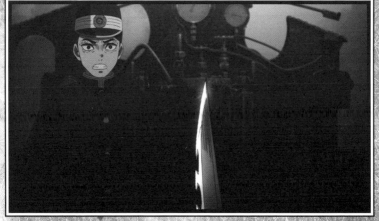

기관실의 벽, 천장, 바닥. 사방팔방에서 폭발하듯이 살덩어리 촉수가 튀어나왔다.

몇 십 개나 되는 촉수는 모두 손으로 변해서 이노스케를 붙잡으려 했다.

"징그러!! 저리 가! 훠이, 훠이!"

이노스케는 양팔을 휘둘러서 그 손들을 닥치는 대로 베었다. 그러나 그것들은 베자마자 다시 재생했다.

"손이 너무 많아!!"

베어도, 베어도 계속해서 늘어나는 손들이 끝내 이노스케의 발목을 붙들었다.

삽시간에 팔, 어깨, 그리고 머리마저 제압하려 들었다.

"이런….“

수많은 손에 단단히 붙잡힌 채로 머리가 으스러지기 일보직전이던 그 순간, 위쪽에서 탄지로가 뛰어들었다.

"물의 호흡 제6형! 비틀린 소용돌이!!"

투우우우우웅!!

탄지로의 검은 일륜도가 멋지게 회전해서 무수한 손들과 주변의 벽을 날려 버렸다.

으기이이이이익!!

혈귀의 목소리였다. 혈귀가 소리치고 있었다.

통증 때문인지, 분해서인지, 혹은 양쪽 모두인지.

"이노스케, 괜찮아?!"

"네가 나서지 않아도 벗어날 수 있었거든?!"

"그래, 알아!!"

탄지로의 코가 강렬한 냄새를 포착했다.

"바로 밑이다!! 이곳의 바로 밑… 혈귀의 냄새가 강해!!"

살덩어리가 재로 변하고, 이제야 가까스로 기관실 마룻바닥이 보였다.

"이노스케! 이 밑이 혈귀의 목이야!!"

"명령하지 마!! 두목은 나야!!"

"알았어!!"

이노스케는 양손의 칼을 쳐들었다.

"잘 보고 있어!! 짐승의 호흡 제2엄니! 가르기!!"

마룻바닥이 십자로 갈라지면서 그 아래에 있던 것이 훤히 드러났다.

"!! 뼈다!"

사람의 몸통 정도 되는 굵직한 뼈가 줄지어 있었다.

이건 등뼈, 아니.

"목뼈야!"

척추라고 불리는, 혈귀의 목 그 자체였다.

"물의 호흡 제8형. 용소!!"

발밑을 향해 수직으로 꽂아 넣는 기술을 펼쳤다.

하지만 기술이 뼈에 닿기도 전에 다시금 주변에서 돋아난 무수한 손들이 탄지로의 참격을 받아 냈다.

"가로막았다!"

꿈틀거리는 팔은 사방으로 뻗어서 탄지로에게, 이노스케에게, 그리고 구석에서 망연자실해 있던 기관사를 습격했다.

"위험해!"

탄지로는 간발의 차로 기관사를 안아들고 뛰어올라서 뒤쪽 탄수차 위에 착지했다. 이노스케는 전방으로 뛰어서 기관차 지붕에 올라섰다.

그러는 사이 한 번은 거미 다리처럼 펼쳐졌던 팔이 다시 줄어들고, 그 주위에서도 살덩어리가 순식간에 부풀어 올라서,

뼈가 그 속에 파묻혔다.

'갈라진 부분이 도로 막혔어. 재생이 빨라!'

탄지로는 기관사를 그 자리에 남기고 상체를 숙여 아래쪽 상황을 유심히 살폈다.

'심지어 혼신의 일격으로 뼈를 노출시키는 게 고작이다. 뼈를 절단해야 되는데.'

뼈를 베지 않는 한, 혈귀는 주지 않는다.

"이노스케!! 호흡을 맞춰서 연속 공격을!!"

건너편에 선 이노스케에게 외쳤다.

"어느 한쪽이 살을 베는 즉시 다른 한쪽이 뼈를 자르자!!"

"오호라!!"

이노스케가 가슴을 쭉 펴고 칼을 들어올렸다.

"좋은 생각이네!! 칭찬해 주지!!"

"고마워!"

탄지로도 칼을 다잡고, 두 사람은 동시에 자세를 낮췄다.

"간다!!"

그러나 그 순간, 두 사람 사이에 거대한 살덩어리가 불룩 솟아올랐다.

"강제 졸도 수면. 눈동자…."

노래하는 듯한 엔무의 목소리와 함께 살덩어리에 무수한 눈이 생겨나 눈꺼풀을 열었다.

눈동자에 '夢'이라고 새겨진 무수한 눈알이….

두웅…!!

'혈귀술! 당했…다!! 강제로 잠든다!!'

눈알 하나를 정면으로 마주 보게 되는 바람에 탄지로는 또 순식간에 잠의 세계로 끌려들어갔다.

하지만 공략법은 이미 알고 있다.

"이노스케! 꿈속에서 자기 목을 베어 버려! 그럼 각성할 거야!!"

의식이 흐릿해지려 했다. 그러나 탄지로는 꿈의 입구에서 간신히 자신의 목을 벴다.

"좋았어!"

눈 깜짝할 사이에 현실로 돌아왔다.

'괜찮아. 걸려들어도 주술은 깨부술 수 있어!'

그러나 눈을 뜬 순간, 그의 앞을 막아선 것은 역시 그 무수한 눈알들이었다.

"!!"

또 그중 하나와 시선이 마주치고 말았다.

'이 바보야! 눈을 뜨는 즉시 바로 눈을 감아! 안 그럼 바로 주술에 걸려들어!!'

스스로를 꾸짖으면서 탄지로는 자신의 목에 칼날을 갖다 댔다.

"됐다, 각성했어!"

틀렸다. 깨어난 순간, 반드시 어딘가에 있는 혈귀의 눈과 시선이 마주친다!

'눈을 감은 채로 각성해야 해! 눈을 감은 채로.'

어떻게든 기관실로 뛰어들었지만, 그곳 역시 주변에 눈알들이 가득했다.

아주 잠시라도 눈이 마주치면 그걸로 끝이었다.

아아, 아무리 애써도 실패였다.

깨어나는 순간에 눈을, 눈을 뜨고 만다.

'틀렸어. 각성해! 각성해!'

몇 번을 잠에 빠진다 해도. 몇 번을 꿈속으로 끌려들어 간다 해도.

목을. 그때마다 목을 베면.

목을 베면 각성한다.

목을.

몇 번이든 목을.

날카로운 통증이 느껴지는 동시에 눈이 떠진다.

빨리 눈을 떠!

이제는 알 수도 없다. 몇 번이나 자신의 목을 뱄지?

하지만, 그러는 수밖에.

차가운 칼날을 목에 갖다 대고.

단숨에….

별안간 누군가의 손이 탄지로의 손목을 붙잡았다.

"꿈이 아니야!! 현실이야!!"

깜짝 놀라 제정신을 차렸다. 눈앞에 이노스케가 있었다.

"함정에 걸려들지 마!! 그렇게 시시하게 죽지 말라고!!"

"!!"

등골이 오싹했다.

이노스케가 알아채서 말리지 않았다면, 제 손으로 자신의 목을 베서 죽었을 것이다.

정신이 아득해진 탄지로의 옆에서 이노스케는 "움화하하하!!" 하고 호쾌하게 웃으면서, 부풀어 오른 눈알투성이의 살덩어리를 썩썩 난도질했다.

"난 산신령의 가죽을 뒤집어쓰고 있어서, 무서워서 차마 눈도 못 마주치겠지?! 이 조무래기 눈깔들아!!"

순식간에 주위의 눈알 벽이 사라졌다.

'그렇구나!'

이노스케는 멧돼지 머리 가죽을 뒤집어쓰고 있다. 그래서,

'시선을 어디로 향하고 있는지 알아보기 힘든 거야…!'

그 덕분에 눈알을 정면에서 마주 보는 일이 없으므로, 주술에 걸릴 염려가 없는 것인가.

"좋~았어! 이제 이걸 썰어 버리면 끝나!!"

이노스케가 몇 겹으로 쌓여서 바닥을 지키는 손 여러 개를 향해 두 자루의 칼을 치켜들었다.

그러나 그 순간.

"꿈을 방해하지 마!!"

느닷없이 누군가가 위쪽에서 뛰어내렸다. 탄수차 위로 피신

시켰던 기관사였다.

그의 손에도 그 송곳이 쥐어져 있었다.

"이노스케!"

기관사는 그 송곳을 이노스케를 향해 겨눈 채로 몸을 던져 돌진했다.

"!!"

탄지로는 재빨리 두 사람 사이에 비집고 들어갔다. 송곳이 배에 꽂혔다.

"!! …찔린 거야?!"

이노스케가 돌아봤다. 탄지로는 배를 한 손으로 꾹 누르면서 칼자루로 기관사의 목덜미를 때려 기절시켰다.

"괜찮아!"

기관사를 안아 든 탄지로에게 이노스케가 잔뜩 성이 난 듯이 소리쳤다.

"그런 망할 자식 따위 내버려 둬!!"

"안 돼! 죽게 놔둘 순 없어!"

"얼른 혈귀의 목을 베지 않으면 다들 못 버틴다고!"

"나도 알아! 서두르자!"

기관사를 구석에 눕히는 동안에도 주변의 살덩어리는 거듭 부풀어 올라 꼬리를 물고 손으로 변해서 두 사람을 덮쳤다.

탄지로는 다친 곳의 통증 때문에 얼굴을 일그러뜨리면서도 맞서 싸웠다.

머리 위에서, 옆에서, 무수한 손들이 뻗어 왔다. 그것들을 물리치면서 탄지로는 외쳤다.

"이노스케!! 호흡을 맞춰!!"

송곳으로 찔린 배에서 피가 번졌다. 그래도 이를 악물고 칼을 꽉 쥐었다.

"혈귀의 목을 베자! 연격으로 간다!"

두 사람은 단숨에 바닥을 박차서 다시금 탄수차 위로 뛰어올랐다.

자세를 잡는 두 사람 앞을 또다시 거대한 살덩어리의 벽이 가로막았다. 파도처럼, 손처럼, 두 사람을 붙잡으려고 꿈틀거렸다.

두 사람은 그걸 피해 도약하고, 칼로 베었다.

'큰일이다!'

살덩어리에 재차 무수한 눈알이 생겨나 눈꺼풀을 열었다.

'지금 잠들면…!!'

"망할 것들이~!!"

탄지로가 주술에 걸리기도 전에 이노스케의 칼날이 주위를 종횡무진으로 난도질했다.

"간다! 따라와!!"

가속도를 붙여 낙하하면서, 이노스케가 혈귀의 '목'이 있는 장소로 뛰어들었다.

"짐승의 호흡 제4엄니! 갈기갈기 찢기!!"

급소를 지키던 몇 개나 되는 팔들이 먼지가 되어 사라졌다.

굵직한 경추가 훤히 드러났다.

탄지로는 빠르게 호흡을 전환했다. 물의 호흡에서 아버지로 부터 배운 그 호흡으로.

'아버지, 제발 지켜 줘!'

이 일격으로 뼈를 자른다!!

"히노카미 카구라. 푸른 비단 하늘!!"

쿠우우우우우우웅!!

불꽃을 휘감은 강력한 회전 베기가 작렬하면서 혈귀의 목을 뎅겅 베었다!!

제 7 장 악몽으로 끝나다

"크아아아아아아아악!!!

혈귀의 끔찍한 비명이 울려 퍼졌다.

탄지로의 '푸른 비단 하늘'로 후부를 절단당한 기관차가 전
방으로 날아갔다.

키이이이이잉!!

차량이 삐걱거리고, 선로와 마찰하는 금속음이 시끄럽게 울
렸다.

남겨진 객차는 마치 몸부림치며 괴로워하는 구렁이처럼 펄

떡펄떡 튀어 올랐다.

"무시무시한 단말마와… 진동이!! 옆으로 넘어간다!!"

분단된 기관실 안에서 탄지로는 튕겨나가지 않으려고 양팔과 양다리에 필사적으로 힘을 줬다.

"이노스케는… 크윽!"

말을 다 마치지 못하고 송곳에 찔린 배를 꾹 눌렀다. 피가 멎질 않았다.

"너, 배는 괜찮아?!"

"으, 으응! 이노스케! 승객들을 지켜… 아앗!"

눈앞에서 정신을 잃은 기관사가 공중으로 내던져지는 것이 보였다. 손을 뻗었지만 닿지 않았다. 자신 역시 그대로 공중에 떠올랐다.

'죽을 수 없다. 내가 죽으면 그 사람이 살인자가 되어 버려…'

객차가 뒤틀리고, 탈선해서 몇 차례나 튀어 올랐다.

'죽을 수 없어…. 아무도 죽게 놔두고 싶지 않아!!'

탄지로는 선로 옆쪽으로 강하게 추락했다. 풀밭을 데굴데굴 굴러서 제법 아래쪽까지 내동댕이쳐진 뒤에야 겨우 정지했다.

"괜찮아, 산타로?!"

이노스케가 생뚱맞기 짝이 없는 이름을 부르면서 옆으로 쓰러진 열차를 뛰어넘어 달려왔다.

허겁지겁 탄지로의 몸을 흔들면서 일으켰다.

"정신 차려! 혈귀 살덩어리에 퉁퉁 튀어 살았어, 거꾸로 말이지!! 배는 괜찮아?! 찔린 배는?!"

"괜…찮아…. 이노스케는…?"

"완전 쌩쌩해! 감기도 안 걸렸어!"

이노스케는 가슴을 활짝 폈다.

탄지로는 다 꺼져 가는 목소리로 다행이라고 말했다.

"당장은 못 움직이겠어…. 다른 사람들 좀 구해 줘…. 부상자는 없고…? 목 근처에 있던 기관사는…."

이노스케는 순간 경악했다가 뭔 소리냐는 식으로 성을 냈다.

"그놈은 죽어도 싸다고 본다!!"

"그렇지 않아…."

"네 배를 찌른 놈이잖아! 그놈은 지금 다리가 껴서 못 움직여!"

옆으로 쓰러진 객차에 깔린 모양이었다.

"다리가 작살나 더는 못 걸어!! 그냥 냅두면 죽어!!"

"그렇다면 벌은 이미 충분히 받았네…. 가서 구해 줘…. 부탁이야…."

창백해진 얼굴로 고개를 숙이는 탄지로를 보고 이노스케는 하는 수 없이 끄덕였다.

"…흥! 그래, 가 주마. 두목이니까. 부하의 부탁이니까!!"

탄지로의 몸을 그 자리에 눕힌 다음, 등을 돌리고 성큼성큼 걷기 시작했다.

"구해 준 뒤에 그놈 머리털을 죄다 뽑아 버릴 거야! 흥!!"

"그런 싯 안 해도 돼 ."

씩씩거리는 이노스케의 말에 힘없이 대꾸하면서 탄지로는 하늘을 올려다봤다.

하늘은 아직 어둡고 별이 반짝였다. 하지만, 동쪽 하늘은 조금씩 하얗게 밝아 오고 있었다.

'새벽이 가까워지고 있다….'

자칫 잘못하면 아득해지려 하는 의식을 애써 붙들어 매면서, 탄지로는 호흡에 집중했다.

'호흡을 가다듬자, 빨리…. 부상자들을… 구해야 해….'

서둘러 회복해서 다시 일어나야 한다.

"후욱…. 후욱…."

전집중이 상중이다. 언제 어느 때라도 쭉 전집중의 호흡을 유지하는 것이다.

'네즈코… 젠이츠… 렌고쿠 씨… 분명 무사할 거야…. 믿자….'

"후우욱…. 후우욱…."

동료들을 걱정하면서 탄지로는 자신의 체내로 의식을 집중시켰다.

땅에 누워 있는 탄지로에게서 그리 멀리 떨어지지 않은 장소. 탈선해서 파괴된 기관실 잔해에서 흉측한 살덩어리가 스멀스멀 나왔다.

'몸이 붕괴된다…. 재생되질 않아….'

이제는 사람의 형상조차 취하지 못했다.

'진 건가…? 죽는 건가? 내가?'

엔무는 굴욕에 차서 부들부들 떨었다.

'말도 안 돼… 말도 안 돼!! 난 아직 전력을 다 발휘하지 않았어!!'

인간을 한 명도 먹지 못했다.

기차와 일체화되어 한꺼번에 대량의 인간을 먹어치우려던 계획이 무산됐다.

'이런 꼬라지가 되면서까지 이만큼 공과 시간을 들였는데…!!'

그놈이다! 그놈 때문이야!! 엔무는 핏발이 선 눈을 부릅떴다.

혈귀 사냥꾼의 주! 화염의 호흡을 쓰는 남자!!

'인질을 2백 명이나 잡고 있었던 거나 마찬가지인데, 그럼에도 밀렸다. 제압당했다. 이게 바로 주의 힘…!!'

승객에게 촉수를 뻗을 때마다 그의 염도에 불태워졌다. 5량의 객차를 종횡무진으로 날아다니고, 아무리 구석진 곳에서도 기척을 감지해 열풍과 함께 나타났다.

'그리고 그놈!'

노란 머리 소년. 그놈도 빨랐다.

'주술이 다 풀리지도 않았는데!'

그놈은 마치 번개와도 같았다. 그야말로 질풍신뢰*. 분명히 잠든 상태임에도 엔무의 몸을 난도질했다.

'심지어 그 계집!! 혈귀잖아!! 도대체 뭐야? 혈귀 사냥꾼을 편드는 혈귀라니! 왜 무잔 님 손에 안 죽은 거지?'

애초에 혈귀들은 시조인 키부츠지 무잔을 거역하는 게 불가능할 터였다.

※질풍신뢰(疾風迅雷) : 빠른 바람과 사나운 우레.

그렇건만 어째서!!

모르겠다. 엔무는 무엇 하나 이해가 되지 않았다.

이 열차 즉, 그의 몸은 이제 토막이 나서 흐물흐물 녹아내렸다.

차츰 좁아져 가는 시야 속에서 그 바둑판무늬 두루마기가 흔들렸다. 풀밭에 똑바로 누워 있는 혈귀 사냥꾼 소년.

'애당초…!! 저 꼬마한테 주술을 간파당한 뒤로 마가 끼기 시작했다…. 다 저 꼬마 때문이야!!'

마지막 힘을 쥐어짜내 살덩어리에서 '손'을 뽑아냈다. 꿈틀거리는 지렁이 같은 손이 탄지로를 향해 기어갔다.

'저 꼬마만이라도 죽이고 싶다…. 어떻게든….'

아아, 하지만 역시 더는 무리였다. 형태를 유지할 수 없었다. 손을 뻗으면 뻗을수록 힘이 약해져서, 바람에 닿아 티끌로 변해 갔다.

'그래… 그 멧돼지도!! 저 꼬마만 있으면 죽일 수 있었어…. 근데 그 멧돼지가 방해했지…!!'

유별나게 감이 예리하고 시선에 민감했다.

'지는 건가…? 죽는 건가…?'

악몽이다… 악몽이다…라며, 엔무는 헛소리를 하듯이 몇 번이고 중얼거렸다.

혈귀 사냥꾼에게 계속 죽임을 당하는 건 언제나 저변에 있는 혈귀다.

십이귀월의 '상현'은 최근 백 년 동안 구성원에 변화가 없었다.

그토록 강한 혈귀 사냥꾼의 주 일행도 상현은 매장했다. 차원이 다른 힘을 사신 선가?

그만큼 무잔에게 피를 나눠 받고도 주는 이길 수 없었다. 즉, 상현에는 이르지 못했다는 것….

'아아아…. 다시 시작하고 싶다…. 이 얼마나 비참한… 악몽…인가….'

마지막까지 남아 있던 눈알이 끝내 재처럼 흩날렸다.

그것이 하현1 엔무의 최후였다.

"후욱… 후욱…."

탄지로가 호흡에 집중하고 있을 때, 갑자기 누군가가 말을 걸었다.

"전집중의 상중을 할 수 있나 보구나! 대견해, 대견해!"

렌고쿠가 머리 쪽에 서서 탄지로의 얼굴을 들여다보고 있었다.

"렌고쿠 씨…."

상처 하나 입지 않은 렌고쿠의 웃는 얼굴을 보고 탄지로는 안심했다.

"상중은 주(柱)로 올라가는 첫 걸음이니까! 주까지 가려면 만 보는 가야 될지도 모르지만!"

"노력하겠습니다…."

"복부에서 피가 나고 있구나. 좀 더 집중해서 호흡의 정밀도를 높여."

탄지로를 이끌어 주듯이 렌고쿠는 말을 이었다.

"몸 구석구석까지 신경을 퍼트려."

심장에서 폐로, 동맥에서 모세 혈관으로 흘러가는 붉은 혈액.

"혈관이 있을 거다. 찢어진 혈관이."

탄지로는 자신의 복부로 의식을 돌렸다.

통증과 마주하며 그 중심을 더듬었다.

"좀 더 집중해."

두근.

명확한 감각이 느껴졌다. 찔린 장소. 송곳의 끄트머리가 찢은 피부와 혈관.

"바로 거기야. 지혈… 출혈을 멈춰."

이를 악물며 배에 힘을 줬다.

아니, 틀렸다. 더 섬세하게 혈관 하나하나에….

잘 되지 않았다. 통증과 피로 때문에 순간적으로 의식이 멀어지려 했다.

"집중."

그 순간을 간파한 듯이 렌고쿠가 톡 하고 이마에 손가락을 갖다 댔다.

그 한 점에서부터 온기와 힘이 전달됐다. 나아갈 길을 밝히는 횃불처럼.

눈을 감고 집중했다.

찢어진 혈관 하나하나를 바짝 조여서 흘러넘치는 피를 막았다….

"응, 지혈됐다!"

렌고쿠가 끄덕였다. 탄지로는 숨을 크게 내뱉었다.

뭔가 요령을 파악했다는 느낌이 들었다. 살짝 얼떨떨한 기분으로 렌고쿠를 올려다봤다.

렌고쿠는 큰 눈을 부릅뜨고 탄지로를 빤히 내려다보고 있었다.

"호흡을 익히면 많은 일을 할 수 있게 될 거야. 뭐든지 할 수 있는 건 아니지만, 어제의 나보다는 확실하게 강한 내가 될 수 있지."

"…네에."

기묘한 고양감을 느끼면서 탄지로는 고개를 끄덕였다. 렌고쿠는 싱긋 웃었다.

"다들 무사해! 부상자는 많지만, 생명에는 별 지장이 없어! 넌 더 이상 무리하지 말고 천천히 몸을 회복시켜라!"

탄지로는 그제야 긴장을 풀고 미소 지었다.

"감사합니다."

그러나 그때.

쿠우웅!!

어마어마한 충격과 함께 뭔가가 하늘에서 떨어졌다.

"?!"

탄지로는 소리가 난 쪽을 응시했다.

이미 칼을 쥐고 자세를 갖춘 렌고쿠의 전방, 10미터 정도 앞에 사람이, 아니, 사람 모습을 한 존재가 있었다.

자욱한 흙먼지 속에 앉아 있는 건 젊은 남성이었다.

짧게 깎은 붉은 머리카락. 마치 격투가처럼 단련된 근육.

그러나 피부는 도저히 인간으로 볼 수 없을 만큼 창백했고, 그의 얼굴과 팔, 그리고 몸통에도 검푸른 띠 같은 문양이 여러 줄 떠올라 있었다.

혈귀!

혈귀다. 틀림없었다.

금이 간 섯 같은 파란 안구에 금색 눈동자.

눈꺼풀을 깜빡이지 않는 혈귀 특유의 그 눈동자에는 글자가 새겨져 있었다.

오른눈에는 '上弦(상현)', 왼눈에는 '參(3)'.

'상현… 3?'

키부츠지의 직속 부하인 최강의 혈귀들. 그들 중 위에서 세 번째….

'왜 지금 여기에….'

상현3은 느닷없이 튀어 올랐다.

망설임 없이 탄지로를 노려서 단숨에 주먹을 내리찍었다.

하지만 렌고쿠 역시 지체 없이 움직였다.

"화염의 호흡 제2형. 상승 염천!!"

바로 아래에서 화염을 두르고 치켜든 붉은 칼이 혈귀의 주먹부터 팔까지를 세로로 갈라 버렸다.

혈귀는 순식간에 뒤쪽으로 펄쩍 뛰어서 거리를 벌렸다.

"좋은 칼이네."

방금 갈라진 팔이 흡착하듯이 원래대로 돌아갔다. 혈귀는

빠르게 사라져 가는 상처를 낼름 핥으면서 웃었다.

렌고쿠는 탄지로를 가리고 서면서 혈귀의 기량을 가늠하듯 빤히 쳐다봤다.

'재생이 빠르다…. 이 압박감과 무시무시한 귀기. 이게 바로 상현….'

"왜 다친 사람부터 노리는 건지 이해가 안 가는군."

렌고쿠의 말에 상현3은 엷은 미소를 띤 채로 대답했다.

"대화에 방해될 것 같아서. 너와 나의."

"너와 내가 무슨 대화를 나눠? 비록 초면이지만, 난 이미 네가 싫은데."

렌고쿠는 미간을 찌푸렸다. 혈귀는 아직도 웃고 있었다.

"그래…? 나도 약한 인간은 무지 싫어해. 약자를 보면 몹시 역겹거든."

혈귀는 아직 몸을 일으키지도 못하는 탄지로를 보면서 말했다.

렌고쿠는 고요한 분노를 억누르며 대꾸했다.

"너와 난 사물의 가치 기준이 다른 것 같구나."

"그렇다면 멋진 제안을 하나 하지."

혈귀는 한쪽 손을 들어서 렌고쿠를 손짓하여 부르는 시늉을

했다.

"너도 혈귀가 되지 않겠나?"

"싫어."

단칼에 잘라 버리듯이 렌고쿠는 대답했다. 그러나 혈귀는 눈을 가늘게 뜨고 말을 이었다.

"보면 알아. 너의 그 힘… 주(柱)지?"

렌고쿠의 모습을 찬찬히 뜯어보며 말했다.

"그 투기(鬪氣). 훌륭하게 잘 다듬어졌어. 최고의 영역에 가까워."

"난 염주 렌고쿠 쿄쥬로다."

"난 아카자."

아카자는 렌고쿠를 뚫어져라 응시했다.

"쿄쥬로. 어째서 네가 최고의 영역에 발을 들여놓지 못하는 건지 가르쳐 주마."

아카자는 꼭 친근한 사이처럼 렌고쿠의 이름을 불렀다. 그리고 동정하는 말투로 말을 이었다.

"인간이기 때문이야. 노쇠하고 죽기 때문이지."

다시금 손을 내밀었다.

"혈귀가 되자, 쿄쥬로. 그러면, 백 년이고, 2백 년이고, 끝없이 단련하고 강해질 수 있어."

렌고쿠는 분노를 담아 아카자의 시선을 되받아쳤다.

탄지로는 팽팽한 긴장이 감도는 두 사람의 대화를 들으면서, 필사적으로 몸을 일으키려 애쓰고 있었다.

'이제껏 만난 혈귀들 중에서 키부츠지의 냄새가 가장 강하다. 나도 가세해야 해.'

이대로 있다간 렌고쿠의 발목을 붙잡게 된다. 최소한 일어서기라도 해야 할 텐데.

"노쇠하는 것도, 죽는 것도, 인간이라는 덧없는 생물의 아름다움이다."

렌고쿠는 단호히 말했다.

"노쇠하기 때문에, 죽기 때문에, 그지없이 사랑스럽고, 숭고한 거야."

등 뒤의 탈선한 객차 주변에는 수많은 사람들이 서로 몸을 맞대고 있었다. 다 함께 힘을 합쳐 객차 안에서 부상자를 구출하거나 응급 처치를 하는 중이었다.

그 안에는 엔무에게 이용당했던 그 네 사람의 모습도 있었다.

"힘이라는 건 비단 육체에만 사용하는 말이 아니다."

렌고쿠는 아카자에게서 눈을 돌리지 않았다. 굳센 눈동자로 혈귀를 똑바로 쳐다보며 말했다.

"이 소년은 약하지 않아. 모욕하지 마."

탄지로는 숨을 삼켰다. 소년이란 자신을 말하는 것임을 분명히 알 수 있었다.

가슴이 뜨거워졌다. 그렇지. 써먹어야 한다. 하지만

"몇 번이고 말해 주지. 너와 난 가치 기준이 달라. 난 그 어떤 이유로도 혈귀는 되지 않아."

"그래?"

아카자는 눈을 가늘게 뜨며 천천히 자세를 취했다.

탕 하고 바닥을 세게 밟자 그곳을 중심으로 빛줄기가 뻗어나왔다.

"술식 전개! 파괴살(破壞殺) 나침(羅針)!"

마치 눈의 결정 같은 무늬가 지면에 전개됐다.

동시에 아카자의 투기가 불타오르듯 거세졌다.

"혈귀가 되지 않겠다면… 죽여야지."

그 말을 내뱉고 아카자는 땅바닥을 박차서 렌고쿠를 향해 돌진했다.

렌고쿠 역시 곧바로 몸을 움직였다.

쿠우웅!! 두 사람은 순식간에 격돌했다.

'육안으로… 쫓아갈 수가 없다!!'

탄지로는 할 말을 잃었다. 두 사람의 움직임이 하나도 보이지 않았다.

렌고쿠가 펼친 기술이 열풍이 되어 흙먼지를 일으키고, 아카자가 휘두른 주먹의 압력이 땅을 흔들었다.

"이제껏 죽여 온 주들 중에 화염은 없었어! 그리고 내 제안에 고개를 끄덕이는 자도 없었지!"

공중에서 날아오는 아카자의 주먹을 렌고쿠의 염도가 막아냈다. 칼날에 팔이 베이는데도 아카자는 웃었다.

"왜일까? 같은 무(武)의 길을 가는 자로서 이해할 수가 없어! 선택받은 자만 혈귀가 될 수 있는데도!!"

그 말도 함께 베어 버리려는 것처럼 렌고쿠는 망설임 없이 칼을 휘둘러 혈귀의 오른팔을 잘라 냈다.

그러나 순식간에 재생된 주먹이 다시금 렌고쿠를 습격했다.

"훌륭한 재능을 가진 자가 추하게 쇠약해져 가는 것. 난 괴롭다!! 견딜 수 없어!!"

아카자의 연타를 렌고쿠는 하나도 놓치지 않고 도신으로, 칼자루로 튕겨 냈다.

아카자는 웃고 있었다. 렌고쿠의 검술을 칭찬하면서 조소했다.

"죽어 다오, 쿄쥬로! 젊고 강한 상태로!!"

번쩍이는 불꽃을 간단히 피한 아카자는 날렵하게 하늘로 뛰어올랐다.

"파괴살 공식(空式)!!"

멀리 떨어진 장소에서 충격이 렌고쿠를 덮쳤다.

'과연…!'

혈귀의 공격을 끝까지 확인한 렌고쿠노 기술을 펼쳤다.

"화염의 호흡 제4형! 성염(盛炎)의 파도!!"

충격파를 튕겨 내 분산시키면서 머릿속으로는 빠르게 상황을 파악했다.

'허공을 주먹으로 치면 공격이 여기까지 날아온다! 찰나도 안 되는 속도. 이대로 거리를 두고 싸우면 목을 베기가 힘들어…. 그렇다면 가까이 다가가면 그만이지!'

렌고쿠는 순식간에 아카자 앞까지 이동해 그의 목을 향해 염도를 치켜들었다. 그러나 혈귀는 그 혼신의 일격을 그저 턱을 뒤로 젖히는 간단한 동작만으로 피해 버렸다.

"이 훌륭한 반응 속도!"

곧바로 연속 공격을 날린 렌고쿠의 칼을 번번이 주먹으로 받아 내면서, 아카자는 기쁜 듯이 웃었다.

"이 훌륭한 검술도 점점 잃어 가게 될 것이다. 쿄쥬로! 슬프지 않으냐?!"

"누구나 다 그래! 인간이라면! 당연한 일이지!!"

탄지로는 대화를 나누며 싸우는 두 사람의 모습을 멍하니 바라보고 있었다. 어느샌가 이노스케도 옆에 와서 서 있었다.

힘을 쥐어짜내 일어나려던 탄지로에게 렌고쿠의 호통이 날아왔다.

"움직이지 마! 상처가 벌어지면 치명상으로 발전해! 대기 명령!!"

엄격한 질책에 탄지로는 움찔 놀라서 그 자리에 굳어 버렸다.

　"약자는 개의치 마라! 쿄쥬로!!"

　짜증이 난 듯한 목소리로 아카자가 말했다.

　가볍게 공중을 날면서 온갖 방향에서 주먹을 힘껏 때려 박
았다.

　"선택을 끝이니라! 나에게 집중해!!"

　렌고쿠의 혼신의 기술이 작렬했다. 아카자의 몸이 숲 안쪽
으로 날아갔고, 렌고쿠는 곧바로 그 뒤를 쫓았다.

　"좋은 움직임이야!"

　불시에 튀어나온 아카자의 팔을 아슬아슬하게 피했다. 몸을
돌려 내리친 염도가 그 팔을 잘라 냈다. 하지만 그 순간, 자세
를 낮춘 아카자의 돌려차기를 정통으로 맞고 말았다.

　"렌고쿠 씨!"

　"부리부리 눈알!!"

　탄지로와 이노스케가 보는 앞에서 숲 바깥으로 내던져진 렌
고쿠의 몸은 그대로 선로 옆 제방에 파묻혔다. 흙먼지가 뭉게
뭉게 피어올랐다.

　"혈귀가 되어라, 쿄쥬로."

한쪽 팔이 없는 아카자가 숲에서 천천히 걸어 나왔다.

아카자는 웃었다.

"그리고 나와 함께 영원히 싸우고 능력을 키우는 거다. 너에겐 그럴 자격이 있어."

"거절한다."

렌고쿠는 거친 숨을 몰아쉬면서 일어섰다. 아카자를 정면에서 응시하면서 염도를 들었다.

"다시 한번 말하지만, 난 네가 싫다. 난 혈귀는 되지 않아!"

지면을 박차고 렌고쿠는 앞으로 뛰어나갔다.

"화염의 호흡 제3형! 기염만상!!"

위쪽에서 단숨에 혈귀를 베었다. 화염이 소용돌이쳤다.

아카자의 오른쪽 어깨부터 가슴까지 작열하는 칼끝이 닿았다.

"훌륭해! 멋지구나!"

그러나 아카자는 뒤쪽으로 뛰면서 양팔을 벌렸다. 조금 전에 틀림없이 베었던 팔은 이미 재생했고, 지금 칼로 낸 그 상처도 눈 깜짝할 사이에 아물었다.

"파괴살 공식!"

또다시 그 충격파의 연타. 재빨리 칼로 받아 내려 했지만 전부 막지는 못해서 렌고쿠는 뒤쪽으로 날아갔다.

하지만 착지와 동시에 자세를 바로잡아서 다시금 칼을 휘둘렀다.

'틈이 없다⋯. 끼어들 수가 없어⋯.'

이노스케는 끙끙 앓았다.

동작 속도를 따라갈 수가 없었다.

'저 두 사람의 주위는 다른 차원이야⋯.'

저 간격 안에 들어가면 죽음밖에 없다는 것이 피부로 느껴졌다.

'도와주러 뛰어들어 봤자 걸림돌밖에 안 된다는 걸 알고 있기에 움직일 수가 없어⋯.'

아카자의 연타와 렌고쿠의 연격이 맞붙었다.

충격이 공기를 태우면서 주변의 광경이 일그러졌다.

염도가 바람을 가르고 주먹이 땅을 갈랐다.

발을 세게 내디딜 때마다 땅은 흔들리고, 공중으로 뛰어오를 때마다 폭발음이 울려 퍼졌다.

"렌고쿠 씨…."

탄지로는 쥐어짜낸 듯한 목소리로 신음했다.

두 사람의 기술은 호각. 서로가 한 발짝도 양보하지 않는 기술의 충돌.

그렇지만… 아아, 그렇지만.

"아직도 모르는 거냐?! 공격을 계속하는 건 죽음을 선택한다는 소리다! 쿄쥬로!!"

부르짖는 아카자를 뿌리치면서 렌고쿠는 공격 태세를 취했다.

"화염의 호흡 제1형. 부지화!!"

회전 베기가 아카자의 양팔을 잘라 냈다. 그러나 다음 순간에는 몸을 뚫고 나오듯이 새로운 팔이 자라났고, 그 기세 그대로 고속 연타가 렌고쿠에게 들이닥쳤다.

"여기서 죽이기는 아깝군! 네 육체는 아직 전성기가 아니다!"

묵직한 일격이 렌고쿠의 배에 들어왔다. 격통에 얼굴을 찡그리면서도 렌고쿠는 순식간에 다음 기술을 꺼냈다.

"제2형! 상승 염천!"

아래에서 위로 휘둘러진 염도를 피하면서 아카자는 외쳤다.

"1년, 2년 후에는 기술이 더욱 연마되고 훨씬 정밀해지겠지!"

날아오는 주먹을 칼로 튕겨 냈다. 하지만 미처 피하지 못한 일격이 렌고쿠의 왼눈에 세게 박혔다.

왼눈을 잃고도 렌고쿠는 기죽지 않았다.

"제3형! 기염만상! 제4형! 성염의 파도!"

연달아 펼친 모든 기술을 피한 아카자는 웃음을 지으며 자세를 잡았다.

"파괴살."

그것을 예상한 렌고쿠의 일격!

"제5형! 염호!"

염도가 내뿜은 불꽃이 거대한 호랑이가 되어 아카자를 덮쳤다.

"난식(亂式)!! 키햐아아아아아앗!!"

우렁찬 외침으로도, 웃음으로도 들리는 기괴한 목소리가 아카자의 입에서 튀어나왔다. 고속의 난타가 불꽃 호랑이를 때려눕혔다.

"쿄쥬로!!"

"우오오오오오오오!!"

아카자가 아직도 뭔가를 말하려 하건 말건, 렌고쿠는 마음

깊숙한 곳에서부터 포효를 터트렸다.

땅바닥을 박차고 날아 혼신의 힘으로 염도를 휘두른 일격을 아카자의 어깨에 박아 넣었다.

피가 솟구쳤다. 뒤이어 진동하는 살 타는 냄새.

피어올랐던 흙먼지가 서서히 걷혔다.

"오… 해치웠나! 이긴 거야?!"

이노스케가 상체를 쑥 내밀었다.

그러나….

"……!"

탄지로의 가슴속에 강렬한 불안감이 스쳤다.

느릿하게 아카자가 일어섰다.

렌고쿠의 어깨가 위아래로 들썩였다. 숨이 거칠었다.

피 냄새가, 인간의 피 냄새가 났다.

'설마… 이럴 수가.'

렌고쿠의 망토 자락 아래로 칼을 내린 손이 보였다. 그 손이 떨리고 있었다.

"더 싸우자. 죽지 마라, 쿄쥬로."

아카자가 진심으로 연민하듯이 말했다.

렌고쿠의 숨소리만이 주변에 울려 퍼졌다.

'렌고쿠 씨…!!'

뚝뚝 하고 핏방울이 떨어지는 것이 보였다.

"생살을 깎아 내는 마음으로 싸워 봤자 다 부질없는 짓이다, 쿄쥬로."

아카자는 눈을 가늘게 뜨며 렌고쿠를 바라봤다.

"네가 나에게 먹인 훌륭한 참격도 이미 완치되고 말았어."

어깨부터 가슴에 걸쳐 베인 자국을 자기 손으로 훑으면서 말했다.

"하지만 넌 어때? 작살 난 왼쪽 눈, 부서진 늑골, 상처 입은 내장. 더 이상 돌이킬 수가 없지."

어쩌면 서 있는 것이 고작일 것이다. 어깨가 심하게 떨리고 호흡이 흐트러진 상태였다.

"혈귀라면 눈 깜짝할 사이에 낫는데. 그딴 건 혈귀에게 찰과상이라."

아카자는 말했다.

"아무리 발버둥 쳐도 인간은 혈귀를 못 이겨."

'도우러 뛰어들고 싶은데!'

탄지로는 신음했다.

지금 당장 일어서야 한다. 일어나서 렌고쿠를 구해야 한다.

'팔다리에 힘이 안 들어가…! 상처 탓도 있겠지만… 히노카미 카구라를 사용하면 꼭 이렇게 되지….'

지금! 지금 바로 움직여야 하는데!

자신은 그저 여기서 지켜보는 일밖에 할 수 없는 건가!

"…후우…."

하지만 렌고쿠는 아직 포기한 것이 아니었다.

혈귀가 지껄이는 헛소리에는 귀를 기울이지 않으면서, 다만 지금 자신이 할 수 있는 일에 집중했다.

호흡을 가다듬고 정신을 다잡았다.

남은 힘 전부를 쏟아내기 위해서.

불꽃의 파동이 렌고쿠의 몸을 감쌌다.

"쿄쥬로 너…."

렌고쿠는 기쁜 표정을 짓는 혈귀를 남아 있는 오른눈으로 노려봤다.

"나는… 난 나의 책무를 다할 것이다! 여기에 있는 자는 그 누구도 죽게 놔두지 않아!!"

순식간에 많은 면적을 송두리째 도려내는 기술을!!

'화염의 호흡 오의!!'

"!! 훌륭한 투기야…! 그만한 상처를 입고도 그 기백! 그 정신력!!"

아카자는 기쁨에 얼굴을 일그러트렸다.

"한 치의 틈도 없는 자세. 하하하하! 역시 넌 혈귀가 되어야겠다, 쿄쥬로! 나와 영원토록 계속 싸워 보자!!"

마치 꾀어들이는 것처럼 양팔을 벌리며 웃었다.

그러나 렌고쿠는 그런 것에 눈길도 주지 않았다.

몸을 낮추고 완벽한 자세를 잡아 최대의 힘을 때려 박으려는 것이다.

'마음을 불태워라. 한계를 뛰어넘어.'

화염의 호흡이 몸 구석구석까지를 타는 듯이 뜨겁게 만들었다.

"나는 염주! 렌고쿠 쿄쥬로!!"

"제9형. 연옥(煉獄)!!"

화염이 폭발해 솟구쳤다.

주변의 공기 전부를 끌어들여 거대한 불꽃 용의 형태가 된 렌고쿠는 아카자를 향해 돌진했다.

"파괴살! 멸식(滅式)!!"

한껏 고양되어 더욱더 흡족한 미소를 지은 아카자가 그 기술을 맞받아쳤다!

쾅 하는 폭발음이 울리고, 땅이 갈라졌다!

내리쳐진 렌고쿠의 칼은 아카자의 팔에 튕겨나가 목에서 빗나갔다. 하지만 기세만은 멈추지 않아서, 어깨를 통해 혈귀의 몸에 깊숙이 꽂혔다.

"우오오오오오오!!"

렌고쿠는 포효했다. 혼신의 힘을 담아 비틀 듯이, 아카자의 몸을 아래에서 위로 베었다!!

"렌고쿠 씨!!"

아무것도 보이지 않았다.

뿜어져 나온 피와 흙먼지.

탄지로도 이노스케도 그저 숨을 삼키고 그 자리에 경직해 있었다.

무슨 일이 벌어졌는지조차도 알 수 없었다.

다만 몹시도 고요했다.

"렌고쿠 씨…!!"

마침내 주변이 또렷하게 보이기 시작했다.

"보인다…!"

일륜도를 치켜든 채로 멈춰 서 있는 렌고쿠의 모습….

"렌고쿠… 씨…."

렌고쿠가 커헉 하고 입에서 피를 토해 냈다.

렌고쿠의 앞에는 자세를 낮춘 아카자가 있었다.

그의 오른팔이 렌고쿠의 복부를 관통한 상태였다.

"……!! 죽는다!! 죽게 될 거야, 쿄쥬로!!"

다급히 외친 신 아카자였다.

렌고쿠가 아카자에게 입힌 부상은 그러는 사이에도 빠르게 치유되어 갔다. 그가 혈귀이기 때문에.

"혈귀가 되어라!! 혈귀가 되겠다고 말해!!"

한탄하듯이, 슬퍼하듯이, 아카자는 점점 격한 말투로 외쳤다.

"넌 선택받은 강자니까!!"

아카자의 그 말이 흐릿해져 가던 렌고쿠의 의식 속에서 어느 기억을 불러일으켰다.

딸랑… 하고 풍경이 맑은 소리를 냈다.

여름이었다.

바람이 잘 통하는 저택. 어머니는 이부자리에서 상체를 일으켜 앉아 있었다.

병으로 쓰러진 지 얼마나 되었을까.

210

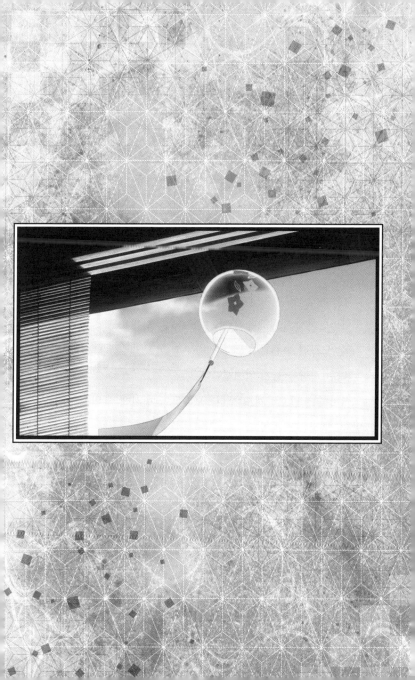

아직 어린아이였던 쿄쥬로에게 어머니는 담담히 말을 걸었다.

"쿄쥬로."

"네, 어머니."

"잘 생각해 보렴. 이 어미가 지금부터 던지는 질문을."

이불을 덮은 어머니의 발치에는 놀다 지친 어린 동생 센쥬로가 잠들어 있었다.

"어째서 네가 남보다 강하게 태어난 건지 아니?"

쿄쥬로는 "윽." 소리를 내며 끙끙 앓았다. 한참을 생각하다 또랑또랑하게 대답했다.

"잘 모르겠습니다!"

"약한 사람을 돕기 위해서란다."

어머니는 단호하게 말했다. 오랫동안 병석에 누워 있었지만, 다부진 목소리였다.

"선천적으로 남들보다 많은 재능을 타고난 사람은 그 힘을 세상을 위해, 남들을 위해 사용해야 하는 거야. 하늘이 내려주신 힘으로 남을 다치게 하거나 사리사욕을 채우는 일은 용서받지 못해."

어머니의 날카로운 눈이 쿄쥬로를 똑바로 응시했다.

"약한 사람을 돕는 일은 강하게 태어난 사람의 책무란다. 책임지고 다 하지 않으면 안 되는 사명이야. 그걸 결코 잊지 말아라."

"네엣!"

힘차게 대답한 쿄쥬로를 향해 어머니는 한쪽 팔을 뻗었다.

마치 이리 오라는 듯이.

잠시 머뭇거렸나가 다가가자, 어머니는 자신의 품에 쿄쥬로를 꼭 껴안았다.

"난 아마 오래 살 수 없을 거다. 강하고 마음씨 착한 아이의 어미로 살 수 있어 행복했어."

어머니의 눈에서 한 줄기 눈물이 흘러내렸다.

"뒷일은 잘 부탁하마."

딸랑딸랑, 하고 풍경이 맑은 소리를 냈다.

"······!!"

렌고쿠는 눈을 부릅뜨고 다시 한번 칼을 꽉 그러쥐었다.

'어머니!! 저야말로 당신 같은 분한테서 태어나 영광이었습니다!!'

혼신의 힘으로 오른손에 쥔 일륜도를 아카자의 목을 향해 내리쳤다.

칼날이 목을 파고들었다. 하지만 완전히 베어 낼 수가 없었나.

아카자의 왼 주먹이 렌고쿠의 얼굴을 향해 날아왔다. 왼손으로 붙잡아 간신히 막아 냈다.

놀란 건 아카자였다.

'막았다!!'

숨을 삼켰다.

'믿을 수 없는 힘이야!! 급소에 내 오른팔이 관통했는데도!!'

처음으로 아카자의 마음속에 초조함이 싹텄다. 팔을 뿌리치려 했으나, 공구처럼 단단히 붙잡고 있어서 옴짝달싹 못 했다.

'!! 아뿔싸!!'

이미 주변은 환해지고, 동쪽 하늘의 구름이 하얗게 빛나기 시작했다.

'곧 동이 튼다!! 빨리 죽이고 이 자릴 떠야 해!!'

더는 체면이고 뭐고 따질 상황이 아니었다. 아카자는 몸부림쳤다. 하지만….

"?! 팔이 안 빠져!!"

렌고쿠의 배를 관통한 오른팔은 물론, 붙잡혀 있는 왼팔까지 꿈쩍도 하지 않았다.

"놓치지 않아!!"

탄지로는 그제야 자신의 일륜도가 조금 떨어진 나무 그루터기에 있는 것을 발견했다.

힘을 쥐어짜내서 일어나 달려갔다.

'렌고쿠 씨한테 무슨 소리를 듣든 민폐 끼긴 체아만 해!'

베어야 한다. 혈귀의 목을! 빨리!!

불을 뿜는 듯한 렌고쿠의 눈동자가 아카자를 똑바로 쳐다봤다.

'동이 튼다. 여기엔 햇빛이 쏟아질 거야!!'

"크으으으으윽!! 우오오오오!!"

으르렁거리고, 소리치면서, 아카자는 팔을 뽑으려 했다.

"절대로 안 놔줘!! 네 목을 칠 때까진!!"

"비켜어어어어어어어!!"

몸부림치는 아카자의 목에 렌고쿠의 칼날이 끼릭끼릭 파고들이 갔다!

"이노스케, 움직여!!"

칼을 주운 탄지로는 그 자리의 살기에 압도되어 우두커니 서 있던 이노스케에게 외쳤다.

"렌고쿠 씨를 위해 움직여!!"

퍼뜩 정신을 차렸는지 이노스케도 달려 나갔다.

땅바닥을 박차고, 양손의 칼을 치켜들고서 아카자를 향해 달려들었다.

"짐승의 호흡! 제1엄니! 꿰뚫기!!"

쿠웅!!

그 순간, 강한 충격이 발생해서 이노스케는 뒤쪽으로 튕겨 나갔다.

폭풍과 함께 아카자가 힘차게 뛰어올라 멀어져 갔다.

아카자는 도망치기 위해서 스스로 팔을 잘라 낸 것이다.

바로 그때, 산 위로 태양이 얼굴을 내밀었다. 눈부신 햇살이 일대를 구석구석까지 비추기 시작했다.

'빨리! 햇빛이 닿지 않는 곳으로…!!'

착지한 아카자는 그 빛으로부터 도망치듯이 허겁지겁 숲속으로 들어갔다.

'졸지에 애먹었어!! 빨리 태양과 거리를…!!'

아카자는 눈 깜짝할 사이에 새생긴 손으로 목에 파고들어 있던 렌고쿠의 칼날을 뽑아서 던져 버렸다.

"!!"

햇빛이 닿지 않을 숲속 깊이, 깊은 곳으로.

그러나 그때, 갑자기 뭔가가 그의 몸을 등 뒤에서 꿰뚫었다.

"도망치지 마!!"

타는 듯한 통증에 뒤를 돌아보자 그 화투 같은 귀고리를 단 소년이 얼굴을 일그러트리며 소리치고 있었다.

"도망치지 마, 이 비겁자야!! 도망치지 마아앗!!!"

'?!'

탄지로의 일륜도가 등을 관통한 상태인 채로 아카자는 아주 잠깐 넘춰 있다.

'무슨 소릴 하는 거야? 저 애송인! 머리에 뇌가 안 들어 있는

건가?'

긍지 높은 무인으로서, 자신을 비겁하다고 욕하는 걸 용서할 수 없었다.

'난 너희 귀살대를 피해 도망치는 게 아니야!! 태양을 피해 도망치는 거라고!!'

게다가 이미 승패는 갈렸지 않는가.

'저놈은 곧 힘이 다해 죽어!!'

더 이상 이곳에 있을 이유라곤 없었다.

아카자는 탄지로의 칼에 꿰뚫린 채, 더는 뒤돌아보지 않고 곧장 깊은 숲의 어둠 속으로 사라져 갔다.

"우리 귀살대는 언제나 너희에게 유리한 밤의 어둠 속에서 싸우고 있어!! 살아 있는 인간이!!"

탄지로는 아카자가 사라진 숲을 향해 외치고 또 외쳤다.

"상처도 쉽게 아물지 않는데! 잃어버린 팔다리가 돌아오는 일도 없는데!!"

얼마나 큰 부상을 입든 금세 원래대로 재생되는 너희와는 다르다.

처음부터 훨씬 불리하다.

그 사실을 알고도 모두 목숨을 걸고 싸우고 있다.

"도망치지 마, 이 바보!! 멍청아!! 이 비겁자야!!"

그걸 비겁하다는 말 외에 또 뭐라고 표현하겠는가.

"너 같은 놈보다 렌고쿠 씨가 훨씬 더 대단해!! 강해!!"

탄지로는 주먹을 꽉 쥐고, 아픈 배에 힘을 줘서 목소리를 쥐어짜냈다.

"렌고쿠 씨는 지지 않았어!! 아무도 죽게 놔두지 않았어!! 끝까지 싸웠고!! 끝까지 지켜 냈다!!"

이 열차에 타고 있던 모든 이들을.

"네가 진 거야!! 렌고쿠 씨의 승리라고!!"

이미 아카자의 귀에는 그 목소리가 닿지 않을 것이다.

그래도, 알고 있어도 외치지 않고는 배길 수 없었다.

둑이 터진 것처럼 눈물이 넘쳐흘렀다.

주먹을 부들부들 떨면서 탄지로는 그 자리에 주저앉았다.

"으흑… 으아아아아아아아아!!"

겨우 짜낸 듯한 목소리가 나왔다. 우는 것인지, 아우성치는 것인지도 알 수 없었다.

탄시로의 절규가 고요한 아침의 숲으로 스며들어 사라졌다.

"너무 그렇게 소리 지르지 마라."

차분한 목소리가 들렸다.

흐느껴 울던 탄지로가 돌아보니, 렌고쿠가 바닥에 앉아 미소 짓고 있었다.

"배에 난 상처가 벌어져. 너도 경상이 아닌데. 카마도 소년이 죽어 버리면 내가 진 게 되잖아."

"렌고쿠 씨…."

무척이나 온화하고 다정한 목소리였다.

"이리 와라. 마지막으로 얘기 좀 나누자."

"……."

탄지로는 비틀비틀 일어나 서둘러 렌고쿠에게로 걸어갔다. 곁에는 이노스케도 서 있었다. 그의 어깨가 부들부들 떨렸다.

아마 이제는 손가락 하나 움직이지 못하는 상태일 것이다. 배에는 아카자의 뜯겨진 팔이 아직 꽂혀 있는 채였다.

렌고쿠는 얼굴을 들어서 탄지로를 바라봤다.

온몸이 상처투성이에, 왼눈도 더는 떠지지 않았다. 그렇지만 남아 있는 오른눈은 여전히 맑고 빛이 서려 있었다.

"문득 생각난 게 있어. 옛날 꿈을 꿨을 때."

렌고쿠는 말했다.

"나의 생가인 렌고쿠 가에 가 보렴. 분명 역대 염주들이 남긴 수기가 있을 거야. 아버진 그걸 종종 읽으셨는데, 난 안 읽어봐서 내용을 몰라. 네가 말한 '히노카미 카구라'에 대해… 뭔가… 기록되어 있을지도 몰라."

서서히 떠오르는 태양의 빛이 조금씩 각도를 바꿔서 주변을 환히 비췄다.

렌고쿠의 배에 꽂혀 있던 아카자의 팔에도 마침내 햇빛이 닿아서, 재처럼 후두둑 허물어졌다. 동시에 배의 상처에서 피가 단번에 뿜어져 나왔다.

"레, 렌고쿠 씨! 이제 됐으니까, 호흡으로 지혈하세요!"

탄지로는 견디지 못하고 외쳤다.

"상처를 막을 방법이 없나요…?!"

"없어. 난 곧 죽을 거야."

"!!"

"말할 수 있을 때 말해야 되니까 들어 다오."

렌고쿠의 목소리는 조금씩 떨리기 시작했다. 흘러나온 피가 땅을 물들여 갔다.

"내 동생 센쥬로에겐 자신의 뜻대로, 옳다고 믿는 길을 걸어 가라고… 전해 다오. 아버지에겐… 몸을 소중히 여겨 달라고 전해 주고…. 그리고."

렌고쿠는 탄지로의 얼굴을 똑바로 쳐다봤다.

"카마도 소년."

"!"

"난 네 누이동생을 믿는다. 귀살대의 일원으로 인정해."

렌고쿠는 미소 지었다.

"기차 안에서 그 소녀가 피를 흘리며 인간들을 지키는 걸 보았다. 목숨 걸고 혈귀와 싸우고, 인간을 지키는 자는 누가 뭐라 해도 귀살대의 일원이야."

탄지로는 더 이상 아무 말도 할 수 없었다. 그저 넘쳐흐르는 눈물을 꾹 참는 것이, 렌고쿠의 말을 한마디도 놓치지 않도록 경청하는 것이 고작이었다.

"가슴을 활짝 펴고 살아라."

렌고쿠는 더욱더 환하게 웃었다.

"자신의 나약함이나 무능함에 아무리 좌절하고 쓰러져도, 마음을 불태우며 이를 악물고 앞을 바라봐. 네가 발을 멈추고 웅크리고 앉아도, 시간의 흐름은 멈춰 주지 않는다. 곁에 붙어서 슬퍼해 주지 않아."

아침 해가 모든 것을 정화하는 것처럼 찬란하게 빛났다. 옆으로 쓰러진 기관차 위에서 까마귀 한 마리가 가만히 그 현장을 내려다보고 있었다.

"내가 여기서 죽는 것은 신경 쓰지 마라. 모름지기 주라면, 후배의 방패가 되는 게 당연한 거니까. 주라면 누구나 똑같이 했을 거야. 어린 싹은 뽑히게 놔두지 않아."

피가 멎질 않았다. 렌고쿠의 목이 차츰 쉬고, 목소리가 작아져 갔다.

"카마도 소년."

렌고쿠는 마지막 힘을 짜내서 탄지로를 바라봤다.

그리고 곁에 서 있는 이노스케에게, 이 자리에는 없는 젠이츠에게도 당부했다.

"멧돼지 머리 소년. 노란 소년. 더욱, 더더욱 성장해라. 그리고 이번에는 너희가 귀살대를 받쳐 주는 주가 되는 거다."

탄지로는 필사적으로 눈을 부릅떠서 렌고쿠의 얼굴을 응시했다.

"난 그렇게 믿어."

렌고쿠는 웃었다.

"너희를 믿는다."

스르륵 감긴 그의 눈동자에서 빛이 조금씩 사라져 갔다.

탄지로는 결국 참지 못하고 자신의 얼굴을 손으로 덮었다.

소리를 죽이고 어깨를 떨면서 탄지로는 울고 또 울었다.

시야가 서서히 흐릿해지고 의식이 멀어졌다.

렌고쿠는 그 하얀 어둠 속에서 그리운 사람의 모습을 봤다.

'어머니….'

돌아가신 어머니가 조용히 서 있었다.

"제가 잘한 건가요?"

렌고쿠는 어머니를 향해 말을 걸었다.

"마땅히 해야 할 일을 다한 건가요?"

어머니는 말없이 렌고쿠를 바라보다가 다정하게 웃었다.

"아주 훌륭하게 잘했다."

렌고쿠는 어린아이 같은 미소를 지었고, 잠시 후 천천히 눈을 감았다.

모든 것이 끝나고 선로 주변 상황은 마침내 차차 안정되는 중이었다.

객차 내부에 남겨졌던 부상자들도 모두 밖으로 옮겨져서, 햇살이 비치는 제방이나 숲 입구 나무 그늘 등에 몸을 눕히고 구조를 기다리고 있었다.

"기차가 탈선할 때… 렌고쿠 씨가 기술을 잔뜩 펼쳐서, 차량의 피해를 최소한으로 막아 주셨어."

젠이츠가 믿기지 않는다는 얼굴로 앉은 채 숨을 거둔 렌고쿠를 바라봤다.

젠이츠는 네즈코가 든 나무 상자를 등에 짊어지고 있었다.

해가 떠서 활동할 수 없게 된 네즈코를 상자에 넣어서 탄지로에게 데려와 준 것이다.

"그랬겠지…."

이만한 대형 사고에 사망자가 한 명도 나오지 않은 것은 기적이라고 사람들은 말할 것이다.

혈귀의 존재는 세간에 비밀로 되어 있다. 내일 신문에는 단순한 탈선 사고로 보도될 것이 분명하디.

혹시나 무언가를 본 사람이 있다 해도 그것은 공포로 인한 횡설수설, 밤 기차에서 꾼 악몽으로 치부되고 끝날 것이다.

그러나 탄지로 일행은 알고 있다.

그것은 전부, 전부 렌고쿠의 활약에 의한 것임을.

이 사람이 혼자서 모두를 지켜 냈음을.

자신들은 그를 도운 것에 지나지 않음을.

젠이츠도, 그저 앉아 있는 것처럼 보이는 렌고쿠의 뒷모습을 바라보면서 떨리는 목소리로 말했다.

"근데 죽어 버리다니, 이럴 수가…. 정말로 상현 혈귀가 왔었단 말이야?"

"으응…."

고개도 들지 못한 채, 탄지로는 힘없이 끄덕였다.

"왜 온 거지? 상현이…. 그렇게 강해? 그렇게…."

"으응…."

탄지로는 무릎 위에 올린 주먹을 불끈 쥐었다.

"분해…. 뭔가 한 가지 할 수 있게 되면, 금세 또 다시 눈앞에 두꺼운 장벽이 서 있어…."

눈물이 뚝뚝 흘러서 지면을 적셨다.

"대단한 사람들은 훨씬 더 앞에서 싸우고 있는데, 난 아직 거기에 갈 수 없어."

아무것도 할 수 없었다. 정말로, 렌고쿠가 싸우는 동안 자리에서 일어나는 것조차 불가능했다.

그 상현 혈귀의 강력한 힘을 직접 목격하니 하현1 따위는 확실히 비할 바가 아니었다.

"고작 이런 데서 발이 걸려 넘어지는 내가…."

내가….

"렌고쿠 씨처럼 될 수 있을까…?"

흐느끼는 탄지로에게 옮았는지, 젠이츠도 울기 시작했다.

그러나 그때, 갑자기 소리친 건 내내 옆에 서 있던 이노스케였다.

"심약한 소리하지 마!!"

깜짝 놀란 두 사람은 얼굴을 들었다.

"될 수 있을까, 없을까, 그런 시답잖은 소린 하지 마!! 믿는다는 소릴 들었으면, 그것에 보답하는 것 외엔 생각지도 마!!"

이노스케의 표정은 뒤집어 쓴 멧돼지 가죽 때문에 알 수 없었다. 하지만 훤히 드러난 어깨도, 일륜도를 쥔 손도 부들부들 떨리고 있었다.

"죽은 생물이 흙으로 돌아가는 것뿐이야!! 이렇게 죌질 짠다고 돌아오지 않아!!"

그의 목소리는 쉬고, 갈라지고, 중간중간 뒤집어졌다.

"분해도 울지 마!! 아무리 비참하고 부끄러워도, 살아야 해!!"

"너도 울고 있잖아…. 탈바가지에서 쏟아질 정도로 눈물 흘리고 있으면서."

젠이츠의 말대로 멧돼지 가죽 밑으로도, 머리의 눈구멍 틈에서도 물방울이 뚝뚝 흘러나왔다.

"닌 안 울어!!"

빠악!! 하는 요란한 소리가 나고, 젠이츠가 비틀비틀 쓰러졌다. 이노스케가 박치기를 먹인 것이다.

"우와앙!!"

가눌 길 없는 감정을 쏟아내듯이 이노스케는 고함을 지르면서, 주위를 빙글빙글 달렸다.

양손의 칼을 마구 휘두르다 느닷없이 땅바닥에 던지더니, 이번에는 탄지로에게 달려왔다.

"이리 와!! 수련이다!!"

웅크려서 일어나질 않는 탄지로의 목덜미를 잡고 질질 끌고 가려 했다.

그러나 탄지로는 일어서지 못했다.

또다시 눈물이 터져 나와서 아무것도 할 수가 없었다.

이노스케도 주저앉아 울부짖으면서 탄지로를 투닥투닥 때렸다. 정신 바짝 차리라고 혼내는 것이리라.

이노스케에게 얻어맞으면서 탄지로는 울었다.

젠이츠도 땅바닥에 쓰러진 채 울고 있었다.

까마귀들은 날았다.

렌고쿠의 부고를 가지고 다른 주들에게로.

"…그래요… 렌고쿠 씨가."

츠구코인 츠유리 카나오를 데리고 거리를 거닐던 충주 코쵸우 시노부는 조용히 한숨을 내쉬며 눈을 내리깔았다.

임무 도중에 찻집에서 잠시 휴식을 취하던 연주 칸로지 미츠리는 먹고 있던 삼색 경단을 내려놓고 미간을 찌푸리며 입을 틀어막았다.

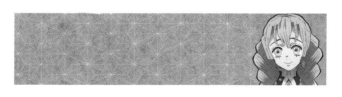

여름 바람이 살랑살랑 부는 대나무 숲을 걷던 하주 토키토 무이치로는 여전히 무표정인 채로 그 소식을 전해 들었다.

"상현 혈귀에겐 렌고쿠조차 지는 건가."

임무를 위해 요시와라 환락가에 잠입해 있던 음주 우즈이 텐겐은 한낮의 햇살이 환히 비추는 기와지붕 위에서 무거운 한숨을 내뱉었다.

마찬가지로 임무를 수행 중이던 사주 이구로 오바나이 역시 어느 저택의 지붕 위에서 부고를 접했다.

"난 믿지 않아."

짤막한 그 말만을 중얼거렸다.

　암주 히메지마 교메이는 귀살대원인 겐야와 함께 깊은 산 속에 위치한 수련장에 있었다.

　"나무아미타불…."

　승려였던 사람답게 합장을 하고 눈물을 흘리면서 렌고쿠를 위해 기도했다.

　풍주 시나즈가와 사네미도 자신의 저택 정원에서 한창 수련 중이었다. 대나무 다발들을 예리한 일륜도로 증오를 담아 베어 버리면서 힘차게 단언했다.

　"추악한 혈귀들은 내가 섬멸한다."

저택을 나와 임무를 수행하러 가려던 수주 토미오카 기유의 어깨에도 꺾쇠 까마귀가 내려앉았다.

"그래?"

귓가에 대고 속삭이는 까마귀의 쉰 목소리를 듣고 기유는 짧게 대답했다.

까마귀는 날았다. 모든 주들에게로.

그리고 귀살대의 당주 '큰 어르신'에게로.

"2백 명의 승객들은 단 한 명도 안 죽었단 말이지…? 쿄쥬로가 애썼구나. 대단한 아이야."

아름답게 손질된 정원. 자그마한 폭포가 있는 물가에 서서 큰 어르신 우부야시키 카가야는 중얼거렸다.

옆에 선 아내와 어린 딸 중 하나가 카가야의 몸을 살며시 부축했다.

"서운하진 않아. 나도 그리 오래 살지는 못할 테니까."

짓무른 것처럼 보랏빛으로 변색된 얼굴. 뿌옇게 탁해진 두 눈동자.

그러나 빛을 잃지는 않은 그 눈으로 카가야는 하늘을 올려봤다.

"머잖아 쿄쥬로와 모두가 있는 황천으로 떠날 테니."

하지만 그 전까지는 반드시.

키부츠지 무잔을 쓰러트린다.

카가야는 보이지 않는 눈으로 눈웃음을 지었다.

천 년에 걸쳐 우부야시키 혈족이 뒤쫓아 온 혈귀의 수괴.

이제까지 모습조차 보인 적 없었던 키부츠지의 기척이 드디어 가까워졌다.

그 계기가 된 것은 틀림없이 그 남매 탄지로와 네즈코였다.

그들은 필시, 긴 세월에 걸친 이 싸움에 새로운 빛을 가져다 줄 것이 분명했다.

카가야는 그렇게 확신하며 아내와 딸에게 조용히 미소를 지어 보였다.

탄지로는 마침내 몸을 일으켰다.

 아직 일어서기 어려웠다. 몸도 마음도.

 닿지 않았던 손. 제때 달려가지 못한 다리. 후회가 밀려들었다.

 눈물은 끊임없이 샘솟아서 뺨을 적시고 지면에 떨어졌다.

 "렌고쿠 씨… 렌고쿠 씨…."

 아아 그렇지만.

 그렇지만 가야 한다.

 떨리는 손을 자신의 심장에 갖다 대서 대원복 위로 꽉 그러쥐었다.

 여기에 렌고쿠 씨는 있다.

 렌고쿠 씨가 남기고 간 불꽃의 파편은 여기서 밝게 빛나고 있다.

강해져야만 한다.

더욱 강하게.

렌고쿠 씨가 가르쳐 준 것을 전부 터득하여 자신의 것으로 만들어야 한다.

"자신의 나약함이나 무능함에 아무리 좌절하고 쓰러져도 마음을 불태우며 이를 악물고 앞을 봐라봐."

"난 그렇게 믿어, 너희를 믿는다."

지금도 그 말이 탄지로의 귓가에서 메아리쳤다.

렌고쿠 씨… 지켜봐 주세요.

기필코, 기필코 언젠가.

그놈을 쓰러트릴 것이다.

그 상현3 아카자를.

그리고 키부츠지 무잔을.

건네받은 불꽃을 계속해서 불태우자.

그리고, 결코 뒤를 돌아보지 않고 나아가는 것이다.

멈춰 서도, 좌절하고 싶어질 때가 와도, 이를 악물고.

언젠가 찾아올 미래를 믿고서.

「극장판 귀멸의 칼날 무한열차 편」 끝

이 소설은 『극장판 귀멸의 칼날 무한열차 편』
내용을 담았습니다.

극장판 귀멸의 칼날 노벨라이즈
~무한열차 편~

2024년 6월 10일 초판 발행

저자 마츠다 슈카 | **원작** 고토게 코요하루 | **각본** ufotable | **옮긴이** 김시내
발행인 정동훈 | **편집인** 여영아
편집 팀장 황정아 김은실 | **편집** 노혜림
발행처 (주)학산문화사 | 서울특별시 동작구 상도로 282 학산빌딩
편집부 02.828.8838(전화), 02.816.6471(팩스) | **영업부** 02.828.8986(전화), 02.828.8890(팩스)
홈페이지 www.haksanpub.co.kr | **등록** 1995년 7월 1일 | **등록번호** 제3-632호

ISBN 979-11-411-2371-0 04830
ISBN 979-11-6947-799-4 (세트)

값 8,000원